目次

わかれ縁

狸穴屋お始末日記

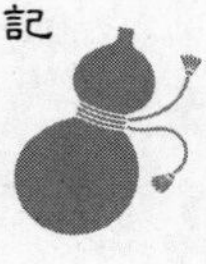

わかれ縁

もう、嫌だ！　今度こそ、愛想が尽きた。

首筋に小雨を受けながら、絵乃《えの》は地面ばかりを睨《にら》みつけていた。

この先を東に折れて小伝馬町《こでんまちょう》に出ると、後は浅草御門までの一本道。通い慣れた道だけに、足は勝手に進む。けれども角を曲がったとたん、唐突に足が止まった。

帰って、どうしようというのだろう？　怒りをぶつけて散々なじり、声を嗄《か》らして訴えたところで、何が変わるだろう？　これまで飽きるほどくり返してきた顛末《てんまつ》を、そっくりそのまま辿《たど》るだけだ。

足の力が抜けて、座り込みそうになった。

日本橋と浅草御門を結ぶ通りだけに、往来はまるで人でできた森のようだ。親とはぐれた子供さながらに、しばし立ち尽くした。どんよりとした空は、絵乃の心模様をそのまま写していた。

それでも絵乃の帰る家は、ひとつしかない。憎い亭主が待つ、浅草の長屋だけなのだ。不甲斐なさに、初めて涙が出た。

雨脚が増して、人波の寄せ返しが激しくなった。波打ち際にいる絵乃だけが、行くも戻るもできずに佇《たたず》んでいる。波にさらわれて、足許《あしもと》の砂がしだいに頼りなくなる。戻れば間違いなく、同じ無様をくり返す。そして絵乃には、他に帰る場所なぞどこにもない。あの体たらくにふたたび陥るくらいなら、いっそ――！

ひらめいた恐ろしい考えを、奥歯で噛みしめて潰した。

浅はかな思いつきを置き去りにして、絵乃は逃げようとした。小走りで駆け出したものだから、相手は避《よ》けきれなかったのだろう。前から来た者と、まともにぶつかった。

おっ、と驚く男の声がして、絵乃のからだが弾《はじ》かれた。塀に当たったようにはね返されて、湿った地面に倒れ込む。悪いときには、悪いことが重なるものだ。泥になりかけの土が、べったりと着物の半身を汚す。情けなさに、笑いすら込み上げる。なのに目は、絵乃の気持ちを無視して涙をこぼす。

「申し訳ねえ、とんだご無礼を。……大丈夫ですかい？」

絵乃を倒した張本人の男が、傍らに跪《ひざまず》いていた。

心配そうな眼差しと、案じる声。そんなものは、見るのもきくのもとうに飽いていた。

可哀そうに、気の毒に、大変だねえ、力を落とすんじゃないよ――。

同情される身の上も惨めだが、それを過ぎると憎まれる。飛んできた火の粉で、己の袂《たもと》が煙を上げれば、誰だって慌て出す。

大丈夫かと問われるのが、もとより絵乃は嫌いだった。そう問われれば、大丈夫だと返すしかないではないか。辛くてならないと、訴える者などいるだろうか。

一切の理不尽が、塩辛い波となって押し寄せる。絵乃はただ、笑いながら泣くことしかできなかった。

男は立ち去ろうとせず、その場に膝をついたまま、律儀に絵乃につき合っている。笑いが収まると、冷え冷えとした悲しみだけが残った。

「立てますかい？」

力なくうなずいて、差し出された大きな手にすがった。強い力が、絵乃を地べたから引き剝《は》がした。

相手の姿に、初めて目が行った。商家の手代《てだい》風な身なりだが、からだつきは出職《でしょく》のようにがっしりしている。言葉遣いも、少々伝法《でんぽう》だった。

「どこか痛めてはおりやせんか？　肩や腰は、大事ねえですかい？」

男は甲斐がいしく、自分の懐《ふところ》から手拭を出して、ざっと土を払ってくれる。

湿った赤土がほどよく受け止めてくれたのか、大きな怪我はない。ただ、支えにした右腕を擦りむいたらしく、ぴりりと痛みが走った。

絵乃が顔をしかめると、気づいたようすで男は言った。

「水で洗って、傷を検《あらた》めた方がいい。少しばかり、お暇をいただけますかい？　あすこを借りやしょう」

すぐ先の甘味処を示す。親切ごかして、何か別の思惑があるのかもしれない。常の絵乃なら用心が先に立つところだが、家に帰る刻限を少しでも遅らすためなら、安い誘いに乗ったって構わない。弱りきって隙《すき》だらけの女には、安い男がちょうどいい
——。

捨て鉢な気分で、男について紅色の暖簾《のれん》をくぐった。

「おや、いらっしゃい。お連れさんは、お客かね？」

「いや、おれが無作法して転ばせちまった。すまねえが、盥《たらい》と手拭を貸してくれねえかい」

どうやら馴染みの店のようだ。勧められるまま、小上がりに腰かけた。店の左右に細長い板間がしつらえられて、低い衝立《ついたて》で仕切られていた。他にふた組の客がいて、老夫婦と若い娘の三人連れだった。

ほどなく男に声をかけた年配の女中が、水を張った盥を運んできた。

「ここは草団子が評判ですが、汁粉もいけますよ。いかがですか?」

男の言葉に、ただうなずいた。汁粉をふたつ、女中に頼むと、自ら手拭を水に浸し、絞ったものをさし出す。まめまめしい男なら、見飽きている。黙って手拭を受けとって、右腕にこびりついた赤土を拭った。小指の付け根から肘下あたりにかけて、ところどころ擦り傷をこさえていたが、たいしたことはない。

見てとった男が、ほっとしたように安堵《あんど》の表情を浮かべた。

「申し遅れやした。あっしは馬喰町《ばくろちょう》二丁目にある旅籠《はたご》の手代で、椋郎《むくろう》と申しやす」

男の顔を、絵乃は初めて捉えた。それまでは目に映っていても、焦点を結ばなかった。

美男というほどではないが、悪くない顔立ちだ。やや上がり気味の一重《ひとえ》の目と通った鼻筋、締まった口許が、ほどよく配されて難がない。顔の造作だけを並べれば、むしろこちらに軍配があがるかもしれない——。くらべてみたのは、亭主の顔だった。

ただ、女を引きつけるものは、見目ばかりではない。

目の前の男には、それが欠けていた。

見た限り、いたって真面目そうだが、そのぶん面白みが足りない。

「あたしは……」と言いさして、止《や》める。

「知らぬ男に告げるのは不用心だ。お名は結構ですよ」

男は先回りして、やんわりと断りを入れる。

「ですが……よければ話してみませんか。胸んところに、何かつっかえているのでしょ？　吐き出せば、少しは楽になるかもしれやせん。あっしで構わなければ……」

「それこそどうして、見ず知らずの人に……」

「知らない者同士だからこそ、でさ。店を出て左右に別れたら、それっこっきり出会うこともねえ。正真正銘の赤の他人だからこそ、何を語ろうと気に病むには至りやせん」

正真正銘、とは大げさな。やはり、女の弱みにつけ込む手合いだろうか？

「まあ、無理にとは言いやせん。まずは汁粉で温《あった》まってくだせえ」

女中が運んできた盆をふたつ受けとって、ひとつを絵乃の前にすべらせる。小ぶりな塗りの盆には、汁粉の椀と茶が載っていた。

「さ、どうぞ、ご遠慮なく」

箸をとり、椀の蓋《ふた》をとった。甘い湯気が立ち上る。

ひと口すると、思いの外からだが冷えていたことに気がついた。

九月の末。小雨を携《たずさ》えた外気は晩秋を通り越し、すでに冬の気配が忍び寄る。

冷えていたのは、気持ちの方かもしれない。とろりとした甘い汁が、じんわりと腹から沁《し》みるようだ。

「おいしい……」

呟《つぶや》くと、男がかすかに笑《え》んだ。上がり気味の目尻が下がり、右の口許にしわを寄せただけの簡素な笑みだが、自分でも意外なほどに絵乃の内に安堵を生んだ。他人から笑顔を向けられたのはいつぶりだろう。絵乃を前にした顔は、いつも困っていた。

話してみようか……。そんな気持ちがわいた。

「旅籠ってのは、実にさまざまなお客がいらっしゃる。世話をするのが手代の仕事ですが、いちばんの大事は、話を伺うことでしてね」

気配の揺れを察したかのように、男が口を利《き》いた。

「あいにくと宿に風呂はありやせんが、腹の内からさっぱりしてもらうのがあっしらの務めだと……これは宿の主《あるじ》の受け売りですが」

「あたしの来し方《かた》なんて、鬱陶《うっとう》しいばかりで……他人《ひと》さまがきいても、つまらないはずです」

「誰の来し方も、ご当人にとっては面白みがない。大げさな人生なんて、芝居の中だけでさ」

たしかに、そういうものかもしれない。傍《はた》から見れば非の打ちどころがなくとも、裏地を返せば相応の汚れが見える。人の汗を地図にしたような染みは、身分も貧富もかかわりなく、誰にも染みついているものだ。

迷いが切れたのは、見栄や体裁に疲れたためばかりではない。

この男に、椋郎という旅籠の手代に、きいてほしいと思えたからだ。

「悩みの種は、亭主です」

告げたとき、かすかに相手の表情が動いた。

一緒になって五年。亭主の悪い病が、途切れることはなかった。女癖の悪さと、方々に拵《こしら》える借金だ。職も長続きせず、転々と変える。

亭主の甲斐性のなさを、絵乃はことさらに嘆いたことはない。働くことは苦ではなかったし、子供ができるまでは、女も稼ぐのがあたりまえの世の中だ。百姓や居職《いじょく》、商家といった家業持ちなら、女も大事な働き手であり、大工なぞの出職や棒手振《ぼてふ》りの女房なら別の職を求める。子を産んでからも、子守りを雇って仕事を続けることも少なくなかった。亭主の財布の紐がいくらだらしなくとも、自分が稼げるうちは支えるつもりでいた。その甲斐がいしさが、夫の病を助長した。

亭主の名は富次郎《とみじろう》。娘の頃に、売り子として働いていた錦絵屋で出会った。

錦絵をもとめる客は、大方が田舎出の男たちだ。参勤交代の侍や、所用や見物のために江戸に来る町人が多かった。持ち運びには手頃で、色鮮やかな版画は、田舎への何よりの土産となる。そんな男客を当て込んで、錦絵を売る店先には若い娘を置く。同じ売り子の中には、人目を引くほどにきれいな娘もいたが、絵乃はそのたぐいではない。容姿は十人並だが、客あしらいの上手さ故に店からは重宝されていた。

その錦絵屋に、客として通ってきたのが、富次郎だった。

当初から富次郎は、売り子の娘たちの目に立った。どう見ても田舎者ではなく、なのにまず立ち姿が粋で、着物や髷《まげ》も垢抜けていた。毎度買うわけではなく冷かしもたびたび店に立ち寄っては店先で錦絵を物色してゆく。毎度買うわけではなく冷かしも多かったが、自ずと売り子たちと親しくなり、うるさくない程度に世間話などをしていった。

富次郎が来た後は、必ず娘たちの口の端に、その名が挙がった。

決して美男ではないのだが、優男《やさおとこ》で愛嬌もある。だが、何よりも女を惹きつける別の魅力があった。

たぶん、香《こう》のようなものだ。女だけに届く香を、富次郎は生まれつき備えている。嫌らしくふり撒《ま》いているわけではないから、おそらく男は気づくまい。一方で女にとっては、甘く香《かぐわ》しい樹液に近い。放っておいても、わらわらと女が群がってくる。

錦絵屋に通うようになって、ふた月ほどが経ったころだろうか。富次郎は帰りしな、小さく折りたたんだ紙を、絵乃の手の中に押し込んだ。こっそり開いてみると、誘い文だった。

たちまち自分でわかるほど頰が熱くなり、あのときから、どこか夢見心地だった。最初は、仕事が終わったら、近くの堀端《ほりばた》に来てほしいとの短い文だった。売り子は皆、通いであったから造作はない。道の途中で朋輩と別れて、一目散に文にあった堀端へと急いだ。

富次郎が、絵乃よりふたつ年上の二十歳であることや、生まれは甲州、兄が家業の豆腐屋を継いで、自身は二年前に江戸に出てきたという来し方なぞを、まるで金言であるかのように神妙に拝聴した。

初めてゆっくりと話をしたものの、その場で好意を告げられたわけではない。富次郎は急がなかった。男女の仲に疎《うと》いおぼこ娘の、ことさらに固く結ばれた腰紐を、ていねいに時をかけてほどくように、徐々に絵乃の心の中で居場所を広げていった。

富次郎は、愉しんでいたのかもしれない。そして絵乃は、恋という病に罹《かか》った。店で人気の色男が、数多《あまた》の娘の中から自分をえらんだ。それはたまらなく絵乃の自尊心をくすぐった。容姿の良い娘よりも、自分には価値がある。そんな錯覚に陥った。一緒になろうと告げられたときには、有頂天だった。

頂きにいる者に、ふもとは見えない。同様に、得意の絶頂にいた絵乃には、己が立つ足場の脆《もろ》さがまったくわかっていなかった。

新妻としての暮らしは、一緒になってわずか一年で足許から瓦解した。

浅草稲荷町《いなりちよう》にある笠屋の女主人のもとに、富次郎が足繁く通っている。絵乃の耳に入れたのは、近所のかみさんだった。それが本当に最初だったかどうか定かではない。絵乃が気づいた最初の浮気と言った方が、おそらく正しい。

もちろん絵乃は、大いに憤《いきどお》った。怒りに任せて稲荷町へと向かい、当の笠屋で亭主を見つけると、身も世もなく泣き崩れ、散々になじった。揉《も》めはしたものの、富次郎は即座に詫びを入れ、女とは別れると約束した。

ひとりと別れても、また別の女に手をつける。そのくり返しだった。

絵乃が何より応えたのは、外に作った女にも平気で無心を重ねていたことだ。女が金を返せと怒鳴り込んできたために、二度目の浮気と借金癖が図らずも露見した。あれほどの屈辱は、後にも先にもなかった。すでに富次郎の関心は別の女に移っていて、腹いせに三両を返せと、証文を手に絵乃の元に乗り込んできた。二人目の女が現れたことに加え、三両という金高《かねだか》の大きさに、絵乃は打ちのめされた。そこそこ富裕な商家の後家であり、富次郎より七つも上の大年増だった。一分二分とねだられて小遣いも与えていたが、この三両は別物だ。田舎《くに》で家業を継いだ兄が病に罹り、薬代として用立てを頼まれた。兄の病は嘘だろうが、額が額だけに、これだけは証文を交わしたという。

浮気相手に当然生じるはずの怒りすら、ぶつけようがなかった。後家の強気に押され、小さく縮こまる自分が惨めでならなかった。三両は大金だ。すぐに返しようもなく、月々これだけ、という返済見込みを相談しながら、やりきれなさに襲われた。

それでもまだ、あのころは怒る気力があった。後家を見送った後に、亭主に摑《つか》みかかって近所中に響く大声で罵《ののし》った。

後家の来訪から、かえって人目を気にしなくなったのか、そのころから女も借金もはばかることがなくなった。長屋の大家やご近所衆、出入りする店の顔馴染みなど、誰彼構わず借りにいく。貸した金は二度と戻ることはなく、ほどなく誰もが相手にしなくなったが、そうなると、借りる当ても限られてくる。

高利の金貸しに頼るようになり、借金は坂をころがる雪だるまのごとく膨らんだ。

ここに来て絵乃は、初めて思い至った。とっかえひっかえする女たちですら、富次郎にとっては着物と同じ。自身を粋に見せるための、単なる品に過ぎないのだ。

では、妻の絵乃は、何なのか？　どの女よりも、便利に使える金蔓《かねづる》ではないか。

実際、高利貸しからの催促は、絵乃にばかり向くようになった。ただでさえ富次郎の実入りは不安定で、金遣いには頓着がない。利に敏《さと》い彼らは早々に亭主に見切りをつけて、もっぱら絵乃に返済を迫る。雇い先の店にまで押しかけて、嫌がらせを仕掛けてきた。

働き口を二度首になり、そして今日、三軒目から暇を言い渡された。

これでは、次の働き口を見つけても同じことだ。すでに借り高は上限すら超えている。借金の形《かた》に、妻の絵乃が苦界《くがい》に沈められてもおかしくない、ぎりぎりの縁《ふち》にいた。

避ける方法は、ひとつきりだ。富次郎と、離縁するしかない――。

だが、どうやって……。

離縁状は、夫にしか書けない。離縁は夫にだけ与えられた権限だった。金蔓の女房を、富次郎が容易に手放すはずもない。これまでにも幾度か乞《こ》うたが叶わなかった。離縁を迫っても、のらりくらりとかわされて、終《しま》いには顎をくすぐられる猫のように、いいように丸め込まれてしまう。富次郎はずるくて、したたかな男だった。

これから、何をどうすればいいのだろう――？

雇い先を出たときには、悔しさのあまり怒りの方が勝っていたが、無闇に歩を稼いでいるうちに、空虚な染みが広がっていった。

家に帰ったところで、待っているのは亭主ではなく苦界ではなかろうか。

そんな理不尽を受け入れるくらいなら、いっそ――。

いっそ刃物で亭主を刺して、自らも命を絶とうか……。

恐ろしい考えが、弾けそうなほどに膨らんだとき、この男とぶつかった。

「つまらない話でしょ？」

語り終えると、自嘲がこぼれた。口にすると、自分の苦い愚かさを嚙みしめてでもいるようだ。いや、と男は首をふった。

「五年ものあいだ、よく辛抱なさいやしたね。なかなかできるものじゃ、ありやせん」

「……え？」

「お絵乃さんは、十二分にご亭主に尽くしなすった。情の深い、できた女房でさ」

安い同情だとわかっていても、他愛《たあい》なく涙があふれた。物思いという泥水を、縁まで張った桶のようなものだ。小石ひとつで呆気なくあふれる。

亭主の不始末は、女房も同罪。最初は同情してくれても、度重なればそれも薄れる。この何年かは、常に非難の目を向けられてきた。

この男も、きっと同じだ。行きずりだからこそ優しい言葉をかけてくれたが、いまだけのこと。大川の向こう土手の火事なら落ち着いて見物もできようが、風向きが変わり、火の粉が己の袂にかかれば、誰だって慌てふためく――そう思っていた。

しかし旅籠の手代は、意外なことをたずねた。

「先ほど、ご亭主と離縁したいと仰《おつしや》いやしたね。その覚悟は、できていやすかい？」

「覚悟も何も……あたしが願ったところで、亭主にその気がないと去り状はとれません」

「去り状なら、あっしが……いや、あっしらがとると言ったら？」

あふれた水が途切れて、絵乃は目をしばたたいた。

の方が？」

「去り状をとるとは、どういうことですか？　どうして亭主の離縁状を、見ず知らず
「あっしのいる宿は、公事宿《くじやど》なんでさ。そこで手代をしておりやす」

「公事宿……」

馬喰町には、公事宿が多く集まっているとは、絵乃もきいたことがある。

公事とは訴訟のことで、殺人や盗みなどの「吟味物《ぎんみもの》」は町奉行所が直々《じきじき》に執り行う。

それ以外の民事は「出入物《でいりもの》」と呼び、これに関わるのが公事宿だった。

たとえば、村の境界に生える山木のとり合いや、となり村の若者が悪さをしたが、身柄を引き渡そうとしないなど、村同士の悶着《もんちゃく》もあれば、養子縁組や相続など、家にまつわる揉め事もある。当事者同士で話がまとまらなければ、奉行所に訴えて裁決を仰ぐより他にない。

しかし手続きや訴状には決め事が多く、市井《しせい》の者が行うのはなかなかに煩雑だった。

これを訴人に代わって行うのが、公事宿である。

民事を受けつける場所は、どこの領内《くに》にも必ずある。陣屋や城下の奉行所などだが、江戸では町奉行所が担っている。ただ、江戸町奉行所には、御府内に限らず遠方からの訴人も多く、右も左もわからぬ者が無闇に駆け込んでも捌《さば》きようがない。

いつの頃からかははっきりしないが、訴訟を手伝う者が現れて、公事師と称された。公事は往々にして暇《いとま》がかかる。必要な書類をととのえ提出してからも、何度も奉行所に出向かねばならず、長いもので二、三年、あるいはそれ以上の年月がかかる。訴人と相手方、双方が顔を揃えねばならぬのも出入物の常で、訴える側も訴えられる側も、南北の町奉行所に近い場所に宿をとる必要に迫られて否応なく長逗留《ながとうりゅう》する。公事師が訴人を泊めるために、旅籠を営むのは当然の成り行きで、そうして公事宿が生まれた。

公事宿を名乗れるのは、幕府が認めた株をもつ宿だけで、いまでは公事師といえば、株をもたない非公式の輩《やから》をさす。

御城に近い常盤橋《ときわばし》や鎌倉河岸、神田明神下や川向こうの本所《ほんじょ》、さらには隣町の小伝馬町など、公事宿が固まる場所はあちこちにあるのだが、どこよりも多いのは馬喰町だった。

椋郎は、馬喰町二丁目にある公事宿の手代だと、改めて名乗った。

「『狸穴屋《まみあなや》』と言いましてね、狸の穴のことです。主人が洒落《しゃれ》でつけたものですが」

「洒落とは、どのような？」

「うちは公事の中でも、得手にしている売りがある。お絵乃さんが望む、まさにそれでさ」

「……もしや、離縁、ですか？」

「さようです。おわかりになりやすかい？」

しばし考えて、ようやく答えに辿り着いた。狸を「り」、穴を「円」と読ませれば、「りえん」になる。思いがけず、笑いがこみ上げた。

「どうでしょう、お絵乃さん。ご亭主との離縁を、うちの宿に任せてもらえやせんか？ いまの暮らしをやり直すには、向こうから去り状をとって、きっぱりと縁を切るより他にねえはずでさ」

「できることなら、あたしもそうしたい……ですが、公事となれば、相応のお金がかかるのでは？」

「たしかに、決して安くはありやせん。離縁の場合は和談が多うございますから、白《しら》洲《す》までこじれることは稀《まれ》です。そのぶん公事に費やす金も少ないと言えますが……それでも、宿賃と諸々の入り用で、六、七両。去り状を得て離縁が成れば、礼金として三両いただきやす。合わせて、十両といったところかと」

「十両！ そんなお金、とても……」

「大金であることは承知していやす。お絵乃さんの場合はよけいに厳しい。それでもいまのままじゃあ先細りしていくばかりで、いずれは二進《にっち》も三進《さっち》もいかなくなる……もしやすでに、行き詰まってはおりやせんかい？」

　苦労の重みを確かめようとするかのように、手代は視線を長く張りつけた。

「白状しやすが、あっしがぶつかったのは偶《たま》さかじゃあねえんでさ。もう少し手前のところですれ違って、そのようすが気に掛かりやした。仕事柄、そういう顔を何べんも見ておりやすから……何かよほど思い詰めていなさると、胸の辺りがざわざわしたんでさ」

　来た道を少し戻って、もう一度とっくりと見定めるつもりでいたと手代は明かした。ただ、まともに当たったのは単なる不調法で、わざとではないと言い訳する。真ん前に来た折に、急に絵乃が駆け出し、避けきれなかったようだ。

「そんなに長いこと見られていたなんて、気づきませんでした……」

　手代の言うとおりだ。残された道は、苦界か心中の二択だと、その思いに囚われていた。

　こんな浅はかを本気で描くなど、すでにどん詰まりのところまで来ている。

「ただでさえ金貸しに追われる身で、十両も吹っかけるのは阿漕《あこぎ》だと思いなさるでしょうが、離縁が成れば、ご亭主の借金を肩代わりする謂《いわ》れもなくなる。十両はご自身のために入り用な金です。これまでの借財とは、金の色も重みも違う」

うまく丸め込まれているのだろうか？　公事宿の手代という身分が本当だとして、良い客《カモ》を見つけたと近づいてきたのか。上手い台詞《せりふ》を並べ立て、宿に引き込んで金をふんだくろうとの魂胆か。

疑いはくすぶり続けていたが、警鐘はしだいに勢いを失っていく。

手代の目は、ひどく真剣で、真っ直ぐに絵乃に注がれていた。口調もまた、なめらかとは言い難いが、静かな熱意がある。

そのとき、ふっと気がついた。ここでさらに十両が上乗せされようと、同じではないか。行く先はどうせ二択きりなのだ。ほんの一分でも一厘でも、希望があるというなら、賭けてみても良いではないか。

「あたし自身の行末を、十両で買えということですか？」

「へい、そのとおりでさ」

皮肉を含めたつもりだが、手代はかっきりとうなずいた。

相手の混じりのない態度が、絵乃の背中を押した。ただ、肝心の金を用立てる手立てがない。

「いまはまったくの、無一文ですかい？」

「いえ……実は先ほど、雇い先から暇を出されたばかりで」

絵乃に落ち度があったわけではない。雇い止めとしながらも、主人は未払いの給金に加え、わずかながらの餞別《せんべつ》をくれた。

「しめて一両と一分ほど。これがあたしの精一杯です」

「一両あれば、前金になるでしょう。金の相談は、宿の主人に頼んでみやす。どうですか、これから宿に足を運んでもらえやせんか？」

まだ不安はあったが、このまま家に帰るよりはよほどましだ。たとえ金で折り合いがつかずとも、宿というからには、少なくとも今夜ひと晩は雨露が凌《しの》げよう。

「お願いします」と、絵乃は頭を下げた。

店を出た手代は、浅草の方角に向かった。絵乃の帰り道と同じ方角である。

手代と行き合ったのは、小伝馬町三丁目だった。三丁目を過ぎると浜町川に出て、その先から浅草御門までが馬喰町だった。

馬喰町は四町あるが、一丁目と二丁目のあいだの道を、右に曲がる。

どちらを向いても旅籠ばかりだった。二階建てではあるが、どこも相応にくたびれている。ほどなく数軒先に『狸穴屋』の文字を見つけたものの、お世辞にも小ぎれいな宿とは言いがたい。狸穴という店名が、くすんだ看板と相まって、何やら怪しげにも見えてくる。

しかし宿に入ると、すぐに歯切れのいい声がかかった。

「おかえり、椋。おや、そちらのお連れさんは?」

帳場には、四十過ぎの男が就いて、そのとなりに並ぶ文机《ふづくえ》には、男より少し年嵩《としかさ》と思《おぼ》しき女が筆を手にして座っていた。主人夫婦だろうか。椋郎に声をかけたのは、女の方だ。

「お客さまでさ。名は、お絵乃さん」

「へえ、おまえが客寄せをするなんて、めずらしいじゃないか」

「その先で、たまたま行き合いやして。ご亭主との縁切りをお望みです。相談に乗ってやってほしいんで」

戸口を入って、右が座敷、左が三和土《たたき》になっていた。三和土の端に、二階に上がる階段があり、上は泊まり客の座敷になっているのだろう。階段で三角に切られた壁際には、長い腰掛けも据えられているために、三和土の方が狭く見える。

座敷には、奥に帳場がひとつ。その横に並んで、文机がふたつ置かれていた。ここで証文などを書くのか、墨や筆が並んでいた。

「お絵乃さん、こちらが当宿の主です」

「桐《きり》と申します。ようこそお越し下さいました」

てっきり主人夫婦だと勘違いしていたが、女の方が主人で、帳場の男は雇い人だという。

「手前は、舞蔵《まいぞう》と申します。こちらで番頭を務めております」

帳場格子から出てきて挨拶した。

「女将《おかみ》さんが公事宿を仕切られているとは、思いませんでした」

「なにせ縁切りにかけては、玄人《くろうと》ですから。半年前に七人目の亭主と離縁して、いまは独り身なんでござんすよ」

「七人！　それはそれは、何とも……」

そうとしか言いようがなく、絵乃は言葉を濁したが、当人はまったく頓着していないようだ。冗談めかして、からりと続けた。

「これでもまだ、五十路《いそじ》を過ぎたばかりですからね。十人はいけるかもしれません」

五十を過ぎているとは、とても思えない。性懲《しょうこ》りもなく再婚と離縁をくり返すだけの、旺盛な生命力の為《な》せる業か、十近くも若く見える。

「女将さん、離縁自慢はそのくらいにして。まずはお客さまからお話を」

番頭がいい加減のところでさえぎって、絵乃に話を促した。

甘味屋で、手代に明かしたのと同じ顚末をもう一度くり返したが、今度はより詳しく、正確な述べようを求められた。

一緒になったのは、何年の何月か。絵乃が知る限り、浮気相手はどのような女たちか。亭主の借金は、どこにいくらの額を拵えて、どれほどを絵乃が肩代わりしたのか。

正確な日付や数字を、女主人は逐一求めた。

舞蔵は書記方に徹して、ほとんど口をきかなかった。

若い手代とは逆に、桐は同情めいた気配を一切見せなかったが、ひとつだけたずねた。

「お絵乃さん、お身内は？　親御さんやご兄弟なぞは？」

「兄弟はおりません、あたしは一人っ子で……母は早くになくしました」

後のところは、急いでつけ足した。自ずと声が硬くなる。桐は気づかぬふうに重ねた。

「では、父ひとり子ひとりですか？」

「はい、その父も、四年ほど前に病で亡くなりましたが……亭主と一緒になって、一年も経たないころで……」

絵乃がいっとき、声を詰まらせた。父のことを思うと、いまでも涙がこみ上げる。

父親の基造《もとぞう》も、富次郎のことに最初は異を唱えた。富次郎はそのころ、料理屋で下足番をしていた。団扇《うちわ》職人であった父には、生計《たつき》の心許なさも不安の種であったろう。ただ、反対した理由は他にある。

歳を重ねた父には、富次郎の本性と娘の先行きが、ぼんやりとながら見えていたようにも思える。気づいたのはずっと後——父が病で逝ってからのことだ。

もとより父は、職人らしい意固地は垣間見えたものの、娘に無理を押しつける性分ではない。穏やかで優しい父だった。どのみち熱に浮かされた絵乃には、分別を説いても無駄だったろう。終いには許しをくれた。

母を早くに失って、絵乃の家は、ふたり住まいだった。富次郎は一緒に住もうとも言ってくれたが、父は丁重に断って、絵乃を嫁に出した。

まだ四十代であったし、頑健とは言えないまでも持病もなかった。いずれ歳がいったら引きとろうと気楽に考えていたのに、娘が嫁いでわずか一年足らずで、流行病《はやりやまい》にやられて亡くなった。享年四十九だった。

父の早過ぎる死には、申し訳なさばかりが募った。それでも、ひとつだけ救いがある。

その後に続く娘の難儀を、目の当たりにせずに済んだからだ。

腹立たしいことに、富次郎は父の死すら浮気の理由にした。

「だってお絵乃ときたら、未だにお父さんを偲《しの》んで泣くばかりで、ちっともおれの相手をしてくれないじゃないか。つい寂しくなっちまってさ」

半分は本音であったろう。父と一緒にずっと二人きりでやってきただけに、不孝を犯してしまったようで罪の意識に長らく苛《さいな》まれた。それが根の明るい富次郎には、やりきれなかったのに違いない。亭主としては、慮《おもんぱか》りに欠ける。相手に寄り添って悲しみを共に乗り越えるのが夫婦の在《あ》り様《よう》だろうに、いつまでも笑顔を見せない女房が、富次郎には鬱陶しかったのだ。

父という後ろ楯がなくなったことで、いっそう亭主の転がりようが加速したようにも思える。

絵乃がすべてを打ち明けると、椋郎は女将に乞うた。

「いかがでしょう、女将さん。この離縁、うちで引き受けてもらえやせんか？」

「そうだねえ……」

女将は白い顔をうつむけて、少し考える風情《ふぜい》をした。

「ふたつばかり、面倒がありましてね。ひとつは、お客さまもご承知おきのとおり、お金の話です」

と、番頭を見遣《みや》る。舞蔵が心得たように、女将に代わって説いた。

「前金として、少なくとも五割をいただくのが建前でして。礼金は含まれちゃおりませんから、お客さまの場合、手間賃を六両として三両になります」

「いまのあたしには、一両が精一杯で……三両なんてとても払えません」

気がかりはもうひとつあると、桐が続ける。

「お絵乃さんのご亭主は、離縁するにはもっとも厄介な手合いとお見受けしました。離縁というものは、身分のあるお武家さまや物持ちの方が、案外すっきりと片付くものなんですよ。見栄やら世間体やらがありますからねえ」

変に揉めるくらいなら、離縁の方がよほど体裁がいい。離縁も再縁も、いまの世では茶飯事で、男女を問わず傷とはみなされないからだ。さすがに桐ほどの強者《つわもの》はめずらしいが、どこぞの領内では、七度以上の再縁を禁じるとの触れを出した。裏返せば、六度までは再縁を認めるということか。そのくらい、離縁はありふれたものだった。

「ですが、どうやらご亭主は、恥も外聞も気にするお人ではなさそうです。こういう亭主というのは、正直なところいちばん厄介でしてね」

長く暇がかかれば、それだけ手間賃が嵩む。速やかに運んで六両だから、ことによると手間賃だけで、十両に届く額になるかもしれない。

女将に告げられて、絵乃はすっかり意気消沈した。もともと公事宿を頼るなぞ、裏長屋住まいには分不相応だ。頼み人は金持ちか、郷や村で合力《ごうりき》しての訴えと相場が決まっている。当の絵乃はいまの話だけで諦めてしまったが、若い手代にはその気はないようだ。

「女将さん、そこを何とかお願いしやす。金の工面なら、どうとでもなりやす」

「おまえは相変わらず甘いねえ。どうともならないから、困ってるんじゃないか」

舞蔵が、しかめ面をしてみせる。

「離縁が成らなけりゃ、この人が先々に稼ぐ金は、みんな金貸しにとられちまう。それこそ十両だって二十両だって変わらねえです」

決して、たられればの話ではない。このまま浅草の長屋に戻れば、十中八九そのとおりになる。手代の言が、にわかに現実味を帯びてきて、すうっと寒気を覚えた。

「縁組も離縁も、縁には変わりない。繋がる縁もあれば、わかれ縁《えにし》もあると——常々女将さんも、口にしなすっているじゃねえですか。お絵乃さんがおれと行き合ったのも、この狸穴屋の敷居をまたいだのも、やっぱり縁には違いねえはずだ。せっかく摑みかけた離縁のための縁を、無駄にしたくはねえんでさ」

「離縁のための縁とは……面白いことをいうねえ」

女将は唇の片端を上げた。

「椋はどうしても、この方の離縁を助けたいと言うんだね？」

「へい、さようでさ」

「ですが、当のこちらさまは、どうでしょうね？」

向けられた瞳は、それまでとは違う色を含んでいた。

「お絵乃さん、改めて伺いますが、本当に離縁をお望みですか？　ご亭主には、未練はございませんか？」

胸の深いところで、何かが慄《おのの》いた。何が怖いというのだろう。厄介な亭主を払って生き直すことの、何が不安だというのだろう。

こたえを探しあぐねて、戸惑いばかりが広がる。

「あたしは……」

女将の視線を避けて横を向くと、手代の目にぶつかった。心配そうに見詰める眼差しは、少し悲しそうだ。沈黙が怖くて、言葉だけを必死に紡《つむ》ぐ。

「一片もないと言ったら、嘘になります……でも、去り状をとれば、その一片が今度こそ砕けてくれるのじゃないかと……」

妙にひんやりとした汗が、からだを覆った。本当はわかっていた。

絵乃の未練がどこにあるのか、肝心のことは伝えていない。人前では決して口に出せない、夫婦にしかわからぬたぐいのものだ。

桐は、見抜いていたのかもしれない。それ以上、追い詰めることをせず、調子を変えた。

「お店《たな》を出されたとなれば、今日ばかりは、ご亭主の元に帰るのは辛うございましょ。よろしければ、今宵はお泊まりになってくださいまし」

「よろしいんですか？」

「うちは旅籠ですからね。公事に関わるお客ばかりでなく、どなたでもお泊めしています。ひと晩と言わず、何日でもお過ごしくださって構いませんよ」

にっこりと、愛想よく微笑《ほほえ》む。絵乃が宿代の心配をはじめると、舞蔵が後を引きとった。

「公事宿の宿代は、一日二百四十八文と、御上《おかみ》が定めておりましてね」

飯つきの旅籠としては、江戸では破格と言える宿賃だが、その分もてなしも質素になる。中には金を上乗せするから飯や床に気を配れと、無理をふっかける客もいるが、求めには決して応じない。奉行所に通い役人とつき合う立場として、身ぎれいな商売を心掛けているという。公事宿の多い町だけに、仲間同士で目を光らせており、粗相《そそう》があれば、公事宿株をとり上げられてしまう。

「風呂はございませんので、後で近くの湯屋に案内させましょう。朝晩の二度は膳も付きますが、膳を二階へお持ちすることは致しません。土間の奥にある勝手でお取りください」

「膳の質素だけは、否めやせんがね」

椋郎が茶々を入れ、舞蔵に睨まれる。飯の質素は、商家の奉公人も変わりない。亭主と金貸しから逃れられるだけで、絵乃には十分だった。

「お奈津《なつ》、お客さまを二階にご案内しておくれ」

女将に呼ばれて、二十歳前と思しき若い女中が顔を出した。女のひとり客にも慣れているらしく、親しみやすい笑顔を向ける。誰かに似ているような気もしたが、そのときはわからなかった。

女中の後について土間脇の階段を上ろうとして、椋郎に呼び止められた。

「おれが先走っていたのなら、申し訳ありやせん」

「いえ、決してそんなことは……」

「どうもおれは、男女の趣《おもむき》には疎いところがあって……ここに雇われて七年になりやすが、未だに独り身なもんで、夫婦の情なんぞがいまひとつ呑み込めねえんでさ」

「椋さんは、真面目だけが取り柄の、朴念仁《ぼくねんじん》だものね。公事の腕はいいのに、そこのところだけが惜しいと、女将さんも言ってたわ」

「それはねえだろうよ、お奈津ちゃん」
二、三段上にいる女中が、快活にまぜっかえし、手代は、ばつが悪そうに首の裏に手をやった。
「ですが、もし離縁の心決めができたら、いつでも声をかけてください。お代の方は、きっと女将さんを説き伏せてみせまさ。急がせるつもりはありやせん、じっくりと考えていただきてえんで」

いまの絵乃は、崖上からぶら下がっているに等しい。絵乃が諦めて放そうとした手を、この男は握りしめ、足場を探して上ってこいと、懸命に声をかけてくれる。

「ありがとうございます……椋郎さん」

相手の温もりが伝わるようで、絵乃は初めて手代の名を呼んだ。

その晩は、夢に押しつぶされそうになった。

何を見たのかは覚えておらず、浅い眠りから引きずり出されるたびに、重苦しい感触だけが残っていた。ぐっすりには程遠い眠りながらも、翌朝、起きたときには頭とからだはだいぶ軽くなっていた。

「おはようございます、お目覚めはいかがです？」

階下に下りると、女将の桐がにこやかな笑顔を向けた。舞蔵もまた、朝の挨拶をしたが、椋郎の姿はなく、すでに公事のために出掛けたようだ。

台所に続く板間で朝食をとり、また四畳半の客間に戻る。

二階は六畳間で数えると、五つ六つほどの広さになろうか。

絵乃の他には三組の客がいて、二組は長逗留する公事の頼み人で、一組は上方の商人だと、話し好きな女中からきかされていた。

女のおひとりさまなら、静かな部屋がいいだろうと、絵乃は少し奥まった場所にある四畳半に通された。昨晩は、襖《ふすま》を隔てた座敷から、程よい雑談の声がきこえてきたが、いまは思いの外しんとしている。商用の客はもちろんのこと、公事の客も、奉行所から呼び出しがかかるまでは、昼間は江戸見物をして時間を潰しているという。

いまさら物見もなかろうし、さりとて出掛ける気分にもなれない。馬喰町は、家と雇い店との途中にあたる。通りに出たとたん、金貸し連中にばったり出くわしそうで、怖い思いが先に立ったからだ。当然のように、浅草の長屋に戻る勇気もない。

手持ち無沙汰になった絵乃は、しばし二階座敷でつくねんとしていたが、暇をもてあまして階下に下りた。舞蔵も外に出たようで、女将がひとり文机に向かって証文に目を通していた。

「あのう、不躾《ぶしつけ》ですが……何かお手伝いさせてはもらえませんか？　じっとしていると、どうにも気が塞《ふさ》いじまって」

「有難いお申し出ですが、仮にもお客さまにそのようなことは……」

女将は渋っていたが、そこに新客の一団が現れた。三人の百姓で、公事のために府中から出てきたようだ。あらかじめ知らされていたらしく、女将が愛想よく迎え入れる。

「はるばるご苦労さまにございます。さぞかしお疲れになりましたでしょう。いま、すすぎ水を……」

「あたしが、お持ちします」

女将が許しを与えるより早く、勝手へと急いだ。

台所には、年老いた下男が一人いて、食事の仕度を一手に引き受けていた。客の案内や掃除は、奈津という女中が任《にな》っているのだが、いまは二階の掃除にかかっている。

ている。女将を入れて、公事に関わるのは三人で、女中と下男を加えて五人で宿を切り盛りしていると、やはり女中からきいていた。

絵乃は台所にいた老爺に、声をかけた。

「おじいさん、お客さまの足をすすぐ桶は、どこにあるの？　それと手拭も」

「桶なら、井戸脇に……手拭はそこに干してあるが……」

「ありがとう、お借りするわね。それと、お茶をお願いできますか？」

潜戸《くぐりど》を出た先にある井戸で、水を汲む。いくつかの旅籠が共同で使っているようで、井戸の脇にいくつもの桶が積んであった。物干竿にもまた、何枚もの手拭が干してある。狸の顔が描かれた手拭を二枚とり、水を張った桶を抱えて帳場へととって返した。

「どうぞこちらに、お掛けになってくださいまし」

客を座らせると草鞋《わらじ》を解いて、泥と埃《ほこり》にまみれた足を慣れた手つきで清める。女将はそのようすを見守っていたが、口は出さなかった。足をすすぎ終えると、下男が淹《い》れた茶を運んだ。

「ひとまずは、座敷でお休みください。夕餉の前に、一度ご相談をいたしましょう」

女将は女中を呼んで、客を二階座敷に案内させる。客のざわめきが階上に消えると、感心したように絵乃に告げた。

「ずいぶんと、客あしらいが板についていらっしゃいますね。正直、驚きました」

「実家のすぐ傍に旅籠があって、店先のようすをよくながめてました。見様見真似です」

「そういう理屈でしたか。これは一本とられましたね」

女将が楽しそうに、喉の奥で笑う。

「いかがでしょうか、少しはお役に立てると思います」

「そうですねえ……」

少し考える顔をする。と、あさっての方角から、意外な助け船が入った。

「いい話じゃないの、おっかさん。手伝ってもらえるなら、あたしも大助かりだわ」

階段の途中から、女中の奈津が顔を覗《のぞ》かせていた。

「おっかさん、ということは、もしや……」

「ええ、あたしの娘なんですよ」

奈津がにこにこと、桐の横に並ぶ。言われてみれば、面差しが似ている。当世風の細面や、小さくてふっくらとした口許はそっくりだ。目だけは娘の方が大きく、くるくるとよく動く。どこかで会ったように思えたのは、そのためだったのかと、ようやく察しがいった。

「お志賀《しが》さんがいなくなって、人手が足らなくなっていたし。あたしと花爺《はなじい》だけじゃ、回せやしないわ。あ、花爺というのは、台所の主のおじいちゃんでね、料理と洗濯は花爺の掛りだけれど、他はあたしがこなさないとならなくて大忙しなのよ」

「嫌ならさっさと、嫁にお行きな」

「またそれを言う。あたしはおっかさんみたいに、片手じゃ足らないほどに離縁と再縁をくり返したくはないもの。とっくりと相手を見極めてお嫁に行くわ」

ざっかけない親子の会話には、心が和《なご》む。うらやましくもあり、同時に、寂しい気持ちにも襲われた。こんなふうにてらいなく母と言い合う機会は、絵乃には二度と来ない。

「ほら、掃除はまだ、終わっちゃいないんだろ。昼前に済ませておくれな」

はあい、と娘は気のない返事をして、また階段を上っていく。

「お奈津さんも、ああ言ってくれましたし、掃除を手伝っても構いませんか？」

もう一度頼み込むと、女将から見当違いなことをたずねられた。

「昨日、お店からは暇を出されたのですよね？　次の奉公先は、お決まりですか？」

「いいえ、これから探すつもりでした」

「ちなみに、お絵乃さん、読み書きの方は？」

「十三まで手習いに通って……算盤《そろばん》は苦手でしたが、読み書きは好きでした。ここしばらくは、ろくに本も開いていませんが、嫁入り前はよく貸本なんぞを借りていて」

値踏みするように、絵乃の姿をとっくりとながめた。

「お絵乃さん、いっそのこと、うちで働いてみませんか？」

「え？」

「娘が申したとおり、ひと月前にひとり辞めちまいましてね。人手は探していたんです。お見受けしたところ、客あしらいも上手ですし」

「女中なら、前のお店で慣れています。雇っていただけるなら、ぜひにでも……」

「いえ、手が足りないのは女中ではなく、公事の方です」

面食らい、しばしきょとんとする。

「ご承知のとおり、うちは離縁沙汰を得手にしていて、女のお客さまも多うございます。どうしてもひとり、女の手代が入り用でしてね。辞めたお志賀の代わりを探していたのですが、なかなかこれという者が見つからなくて難儀しておりました」

「でも、手代さんなんて、あたしに務まるでしょうか……」

「もとから公事に詳しい者なぞ、誰もおりませんからね。そちらはおいおい覚えていけば、障《さわ》りはありません。大事なのは、相手の話を辛抱強くきく根気と、お客への気遣いです。来し方を伺って、お絵乃さんにはそれがあると感じました。所作や礼儀なぞも、申し分ありません」

店を首になれば、誰だって自信を失う。そんな絵乃に、雇うだけの価値があると、女将は言ってくれたのだ。嬉しくないはずはなく、すぐさま承知を伝えようとしたが、桐はそれをさえぎった。

「ただ、ねえ……雇うとなれば、ご亭主に黙っているわけにもいきませんからね」

「それは……たしかに……」

「ご亭主との仲をどうするかは、お任せしますがね。ひと言、断りを入れていただかないと」

女将の目が、少しだけ意地悪く細められる。桐は、試しているのだ。宙ぶらりんのままでは、ここに職を得たところで長くは続かない。同じ顚末を辿って、いずれは店を辞めざるを得なくなる。女中ならまだしも、公事の手代となれば、一人前になるには五年、十年はかかる。それだけの覚悟があるのかと、暗に問うているのだ。

富次郎と別れなければ、この有難い申し出もふいになる。

「わかりました。亭主とは、話をつけてきます」

顔を上げ、女将に告げた。

「色好い返しを、お待ちしておりますよ」

勇んで店を出る絵乃を、桐は客向けの笑顔で見送った。

勢いだけで、馬喰町の三町をやり過ごしたが、浅草御門を抜けて神田川を過ぎると、急に足が重くなった。

富次郎は、長屋にいるだろうか。金貸しの催促が喧《かまびす》しいこともあり、最近は女のところに居る方が多いくらいだ。それでも女房のもとに帰ってくるのは、ひとえに金の無心のためだった。

どうかいませんようにと祈りながら、御蔵屋敷《おくらやしき》前にかかる鳥越橋を渡った。

夫婦の長屋は、福川町にある。福川町は、東本願寺と大川のちょうど真ん中あたり、数町に分かれた三間町《さんげんちょう》のあいだに、細長く挟まっていた。

絵乃の住まう左近《さこん》長屋は、福川町の西寄り、神明神社の裏手にあたる。名の由来は、道を挟んだ南側にある大名屋敷に因《ちな》んでいて、いまは主が代わっているが、その昔は左近将監《しょうげん》の位をもつ大名の屋敷だったという。

横目で大名屋敷の塀をながめながら、やはり一心に祈っていたが、会いたくないときに限って、間が悪く居合わせるものだ。

長屋の木戸をくぐり、家に行き着く前に、富次郎に出くわした。

井戸脇で、顔を洗っている。おそらくは、いま帰ってきたばかりなのだろう。手拭でふいて、顔を上げる。女房を認めると、いかにも嬉しそうに笑いかけた。

「どうしたい、お絵乃、こんな刻限に戻るなんて。何か忘れ物かい？」

女房が、ひと晩家を空けたことすら、気づいていないようだ。

屈託のなさも、いかにもな笑顔も、いまの絵乃には憎らしくて仕方がない。

富次郎は、いつもこうだ。後ろ暗さなど微塵《みじん》もない。

桐が評したとおり、恥という概念が欠けていた。

「そんな怖い顔をして、店で何か嫌なことでもあったのかい？　だったらおれが、慰めてやるからよ」

絵乃を家の中に入れると、なだめるように優しく抱き寄せる。

男としての絶対の自信が、慣れた手つきに裏打ちされていた。

「何があった？　話してみろよ。とっくりときいてやるからよ」

温かい蛇のように、両の腕が絵乃に絡みつく。

富次郎は、本当に蛇のようだ。こだわりのない愛想の良さを装いながら、巻き取った獲物は決して放そうとしない。どこをどうすれば、女という獲物が、塒《ねぐら》の中に収まってくれるのか、この蛇はようく承知している。

腕に次いで、両の脚も絡められ、耳の後ろを熱い舌が這《は》った。着物の合わせに腕が潜り込む。夫婦とはいえ、昼日中から不埒《ふらち》な真似をされている。涙がこぼれるほどに悔しいのに、絵乃のからだも心も、どこかで喜んでいる。

公事宿で明かせなかった、最後に残った一片とは、これだった。

富次郎の前では、どうしようもなく女でいられる。たぶん、他の女たちも同じだろう。

絵乃の芯にある、女の性と情が訴えるのだ。

桐はきっと、それを見越して、あえて絵乃を帰したのだろう。

摑まる腕を探して、懸命にもがいたが、蛇はゆっくりと絵乃の総身を締めつけてくる。

やっぱり、駄目だ……。あたしはこの人からは、離れられない……。

諦めて溺れかけたとき、名を呼ばれたような気がした。

誰だろう？　男の声だ。空耳のはずが、もがくようにして声のした戸口に向かって、しゃにむに腕を伸ばした。拍子に、肘をしたたか小簞笥《こだんす》にぶつけて、何かが絵乃の腕に落ちてきた。軽い木の札が、腕に温もりを伝える。父の位牌だった。

おとっつぁん――。

呼んだのは、父の声だろうか。白木の札は、年を経て黒ずんでいた。

思い出したのは、富次郎との仲を許してくれたときの父だった。

――お絵乃はやっぱり、母さんに似ているのかもしれんな。

父は嬉しそうに、そう呟いた。思わず握りしめた木の札が、絵乃を現実に引き戻した。

父の位牌よりも、いまの自分はもっと煤《すす》けている。五年のあいだ、悋気《りんき》と鬱憤ばかりを溜め込んで、煤玉のように真っ黒になって縮こまっている。そんな自分が、嫌で嫌でならなかった。救いの手が差し伸べられたというのに、むざむざと放してしまえば、一生後悔することになる。力いっぱい腕を突っぱねて、亭主のからだを押しのける。

「おいおい、どうしたんだ、お絵乃。やっぱり、おかしいぞ。亭主を邪険にする奴があるかい」

富次郎の薄ら笑いは変わらない。心底、それが恐ろしかった。

伸ばされた手を払いのけ、絵乃はきっぱりと告げた。

「離縁、してください……三行半《みくだりはん》を書いて、あたしを放免してください」

「何だ、またそれかい。離縁なぞしないと、何べんも言っただろ。おれには大事な大事な女房だからな。あの世に行っても、離れてなぞやるものかい」

歯の浮くような台詞を、平気で口にする。昨日、店を出されたときの憤りが、腹の底から込み上げた。

「離縁して！　金輪際《こんりんざい》、あんたの顔なんか見たかない！」

「お絵乃、頼むから、機嫌を直してくれや」

「触らないで！　今度ばかりは本気だよ。もう、これっきりにしたいんだ」

富次郎はあやすような笑みを浮かべたまま、間合いを縮めてくる。捕まってはならないと、絵乃は亭主を正面から睨みつけたまま後退《あとずさ》り、狭い三和土に下りた。

「今度こそ、離縁を承知してもらう！　あたしはそう、決めたから！」

縛《いまし》めを解くように、大きな声を亭主に向かって投げた。

富次郎には少しも効き目がなかったが、応じるように閉めた障子戸が外から叩《たた》かれた。

「お絵乃さん、中にいやすよね？　大丈夫ですかい、お絵乃さん」

さっきの声は、幻聴ではなかった。戸を開けると、公事宿の手代が立っていた。

「椋郎さん……どうしてここに？」

「女将さんから話をきいて……どうしても気が揉めて、ここまで来ちまいやした。所と長屋の名は、きいておりやしたから」

人目がなければ、しがみついていたかもしれない。それほどに、椋郎の存在が有難かった。

「お絵乃……そいつは、誰だ？」

ふり向くと、蛇が鎌首をもたげて、こちらを睨《ね》めつけていた。

薄ら笑いが、顔に貼りついたままこわばっている。こんな富次郎は、初めてだった。

「あっしは、公事宿の手代でさ。お絵乃さんの離縁を、手伝わせてもらいやす」

「公事宿、だと？　そんな金がどこに？」

「どこでもいいでしょ！　あんたには関わりない」

「お絵乃、亭主に向かって、その言い草はねえだろうが」

ゆっくりと立ち上がり近づいてくる。蛙と化したかのように、身が縮こまった。

「はいはい、ご免なさいまし。通していただきますよ」

場にそぐわない明るい声が、背中からきこえた。ふり返って、ぎょっとする。

いつの間にか、物見高い長屋の衆が集まって、戸口から中を覗き込んでいた。その人垣を割って、狸穴屋の女主人が進み出た。

ふっと縛めが解かれ、からだが軽くなった。反動で、膝から崩れそうになる。椋郎が背中を支え、桐に腕を摑まれて、どうにか倒れずに済んだ。

「お絵乃さんの心意気は、この耳できかせてもらいました。これでもう、お絵乃さんはうちの雇い人です。よろしいですね？」

「は、はいっ！　よろしくお願いします」

満足そうに絵乃にうなずいて、桐は富次郎に向き直った。

「誰だ、あんた？」

「狸穴屋という公事宿を営んでおります、主人の桐と申します。今日はご亭主に、挨拶に伺いました」

「つまりは、その男の雇い主というわけか。そろいもそろってご苦労なこったな」

「お絵乃さんは、今日からうちの宿で預からせていただきます」

しばし相手に目を据えて、富次郎は片頰に嫌な笑いを刻んだ。

「女房を引き受けるなら、金貸しの相手もまとめて頼まあ。とかく気の荒い連中だからな、せいぜい気をつけるこった」

精一杯の脅しだろうが、意外にも桐は笑い出した。

「女将さん……」

「御上のご定法通りの手合いなら、いくらでも正面からお相手しますがね、どうせ高利を貪《むさぼ》る輩でござんしょう？　公事宿に喧嘩を売るなんて、そんな無茶をやらかす馬鹿はいやしませんよ。訴えでもされたら、火がつくのは向こうの足許ですからね」

そのとおりだというように、絵乃の両肩を支える椋郎の手に力がこもる。

「離縁を手伝うといったが……おれは決して去り状は書かねえぜ」

「公事宿の腕にかけて、きっと書かせてみせます」

決して口先ばかりではない。女将のきりりとした背中は、自信にあふれていた。

ふん、と鼻で笑い、富次郎は三人を素通りして、木戸を抜けて出ていった。

張り詰めていたものが切れて、またよろけそうになる。椋郎は、長屋の框《かまち》に絵乃を座らせた。

「女将さん、椋郎さん……ありがとう、ございます」

礼を述べると、涙と鼻水がいっぺんにあふれた。よほど情けない顔なのか、土間に立つふたりが苦笑いする。

「椋で、よろしいですよ。これからは、同じ宿のお仲間ですからね」

「しっかりおしよ。こんなもんでいちいちへこたれていちゃ、手代などやっていけやしないよ」

桐に差し出されたちり紙で、涙を拭い、洟《はな》をちんとかむ。

「富次郎とお絵乃の離縁を成す。それが手代としての初仕事になる。できるかい？」

「必ず、必ず成してみせます」

「よろしい。初仕事を終えるまでは、見習いだからね。給金も安いけれど、ちゃんと利もある。たとえ見習いでも、手代自らが勝ち取った離縁なら、公事料もいらないからね」

「それじゃ、女将さん……十両は……」

「入り用になるかどうかは、新米の腕にかかっているというわけさ」

あまりの気前の良さに、しばしぽかんとする。

「いちいち払っていたら、女将さんこそ身がもちやせんからね。すでに七十両は嵩んでいやす」

「おまえはひと言多いんだよ」

容赦なく頭を張られ、てっ、と手代が声をあげる。

「ありがとうございます、女将さん……」

「いま言うのは、礼じゃないだろ。狸穴屋の手代としての、あんたの決心をきかせておくれな」

少し考えて、ふたりの前できっぱりと告げた。

「あたしは、あたしの手で、あたしの人生を摑んでみせます！」

声と同時に、閉ざされた道が拓いたような気がした。

二三四の諍い

「日の本で、最初に離縁した夫婦がどこの誰か、わかるかい？」

桐に問われて、はて、と絵乃は、首を捻《ひね》った。

「最初に、ということは、古い話ですよね？　武家の殿さま……？　いえ、源氏物語の御世《みよ》にさかのぼれば、お公家さん……もしや、帝《みかど》でしょうか？」

「惜しいけれど、違うよ。こたえは、イザナギとイザナミさね」

「神さまでしたか……」

拍子抜けとともに、笑いがこみ上げる。

「この国をお造りになった神でさえ、離縁なされた。ましてや神に劣るあたしらが、離縁をくり返すのも道理さね」

「女将さんほどに、縁切りを重ねる者もあまりおりませんがね」

と、横合いから茶々が入る。桐はたしかに、七度もの離縁を経ている。

「椋はひと言多いんだよ」

「女将さんは、この話がことのほか気に入りでね。手代は初日に、必ずきかされるんでさ。おれもご多分にもれずでね」

「そういや、椋のこたえはひどかったね。何と、『雪女』だとさ。しかも『鶴の恩返し』と迷ったあげくにだよ。鶴の話は、土地によっては老夫婦に恩を返すから、必ずしも離縁にはならない。雪女なら間違いがないと、自信たっぷりに言い切ったんだから」

「その話は、勘弁してくだせえよ、女将さん」

つい、笑いがこぼれた。絵乃が『狸穴屋』に来て、三日目。手代としては初日になる。

公事宿の手代なぞ、本当に務まるのだろうか――。

不安は先立つものの、女将のからりとした気性のせいか、公事宿のわりには堅苦しさは感じない。客がいないときは、もっぱら軽口の応酬が続く。

「いい加減、仕事に戻ってくださいよ。口より手を動かしてくれないと」

番頭の舞蔵にちくりとやられて、ようやく女将と若い手代は筆を動かしはじめる。

公事宿はとかく書きものが多い。

絵乃もまた、指南役の椋郎のとなりに、新たに小机を据えてもらった。

「まず覚えるのは、何と言っても三行半《みくだりはん》、つまりは離縁状だ」

「三行半は、夫が書くものではないのですか？」

「筆が覚束《おぼつか》ないお人も、中にはおりますしね。当人が検めて印さえいただければ、代筆でも構わねえんでさ。文句を考えるのも骨だからね、うちに来る客は、八割方は頼んできやすよ」

「そういうものですか……」

「一応、これが三行半の手本になるか。『手紙証文集』から引いたものでさ」

椋郎が絵乃に見せた冊子は、離縁状ばかりを集めた綴《つづ》りのようだ。その一枚目に、まさに三行半の見本ともいうべき状があった。

　　里《り》ゑん状
一　其《その》方《ほう》事《こと》、我等《われら》勝手《かつて》ニ付《つき》、
　此度《このたび》離縁《りえん》致候《いたしそうろう》、然《しか》ル上《うえ》ハ向《こう》
　後《ご》何方《いずかた》え縁《えん》付候共《づきそうろうとも》、差構《さしかまえ》

無レ之《これなし》、仍《よつて》如レ件《くだんのごとし》

書かれているのは離縁の理由と、今後の再婚については構いなしとの文句だけである。「我等」とは、夫婦のことではない。夫側、つまりは夫の家であり、妻にとっては婚家をさす。

「嫁《とつ》ぎ先の勝手気ままで出されるなんて、何だかあんまりだわ」

絵乃はつい憤慨したが、そうではないと椋郎がなだめる。

「『我等勝手ニ付』とは、離縁状には実によく使われる、いわばお決まりの文句でね」

夫婦どちらにとっても、離縁の理由は概《おおむ》ね不面目なものだ。一方で、理由を明記しなければ、去り状としての効力を失う。ために勝手とするのが常套なのだと椋郎は説いた。

「勝手は気ままではなく、当方の都合によりってところかな。ほら、お店《たな》を辞めるときにも、去り状を書くだろ？　あれと同じだよ」

「たしかに……たとえ店に不満があっても、こちらの勝手でお暇いただきたいと書きますものね」

「『我等勝手ニ付』は、あくまで建前ということさ。仮に女房がとんだあばずれで離縁に至っても、そんな仔細を書くわけにもいかない。旦那の家にとっても恥になるからな」

　それまでのすったもんだを水に流して、双方が後顧《こうこ》の憂いなく、それぞれの道を歩む。三行半は、そのための関所手形のようなものなのだ。

「あら、案外長いものも、多いのですね」

　綴りの先をめくっていくと、決して三行半ばかりではない。むしろ、ぴったり三行半に収まっているものは、せいぜい二、三枚。短いものはわずか二行から、長いものならたっぷり三十行にもわたって、離縁の仔細やら財産の分与やらを綿々《めんめん》と認《したた》めてある。

「入り用な文言をくだりにすると、どうにか三行半に納まる。それで離縁状を、三行半と呼ぶようになったんでさ」

　状の終いにある名も、夫ひとりとは限らず、世話人がずらずらと名を連ねるのもめずらしくはない。離縁は決して、夫婦ふたりきりの悶着に留まらず、仲人はもちろん、名主《なぬし》や大家や親類縁者までをも巻き込む一大騒動だった。

「ひとまず筆の修練に、何枚か写してみるといい。なにせ公事宿は、読み書きが仕事だからな。我ながら、畑違いの職についちまった。ガキの頃は、むしろ苦手でね」

「そうなのですか？」

つい意外そうな声になった。言われてみればたしかに、上背もあり締まったからだつきをしている。公事宿の手代というよりも、出職が似合いに見える。

「おれは大工の倅《せがれ》でね。三男坊だが、当然、親の家業を助《す》けるつもりでいた。それが見習いをしていた頃に、普請場の梁《はり》から落ちちまって。左肩を打って……これ以上、上がらねえんでさ」

力こぶを作るように、左腕を上げる。いまもそれより上には、腕が上がらないという。肩を壊しては、力仕事を旨とする出職はまず無理だ。

「十五のときで、いちばん粋がってた盛りだったから、二、三年はいっぱしに荒れていた。いい加減にしろと、引っぱたかれやしてね」

「お父さまに？」

「いや、四つ上の、幼なじみの姉さんに。その人が、ここの手代でね」

「もしや……お志賀さん、ですか？　ひと月前に、こちらをお暇されたという」

「そのとおりでさ」

と、ばつが悪そうな苦笑いで応じる。椋郎は十八で狸穴屋に入ったが、最初の二年は下働き兼見習いで、公事師として本雇いになったのは、二十歳の時だという。

「あの頃の椋ときたら、そりゃあもうひねていてね。挨拶どころか、ろくに口も利かない。なのにお志賀にだけは頭が上がらなくて、生《なま》を言っては頭をはたかれていたよ。その椋が、こうして新米を教えるようになるなんて。人ってのはその気になりゃ、こうも変われるものなんだねえ」

「女将さん、昔の話はよしてくだせえよ！」

途中から横やりを入れた桐に、椋郎が悲鳴をあげる。

「まあ、お志賀の仕込みの賜物《たまもの》とも言えるがね。お志賀も草葉の陰で喜んでいるだろうよ」

「勝手に殺さねえでくだせえ。お志賀さんは、本郷《ほんごう》でぴんぴんしていやすよ。三十路《みそじ》過ぎまで独り身だったんだが、このほどようやく片付きましてね」

後のところは、絵乃に向かって告げる。話の流れで、ついたずねていた。

「そういえば、女将さんはどうして狸穴屋を？」

「二度目の亭主がね、ここの主だったんだよ。おじいさんが公事宿をはじめて、元亭主で三代目だったんだがね、蘭学かぶれで長崎に行きたいと言い出して。あたしは江戸を離れるつもりはなかったから、目出度《めでた》く離縁と相成ったんだ。ただ、他に家業を継ぐ者もいなくてね、公事宿株を手放すのも惜しいし、おまえがやってみないかって、お舅《とう》さんに頼まれちまってね」

「それで、その元ご亭主は？」

「長崎で新しい嫁さんと、達者に暮らしているよ。子供を六人もこさえてね、さすがに落ち着いたみたいだね」

「舞蔵さんは、先代の頃からいらした唯一の古株でね。勘定も見ているから、ああして帳場の主を務めていなさる」

椋郎がさりげなくもち上げても、番頭は嬉しそうな顔もしない。

「そろそろ、仕事にかかってもらえませんかねえ。ほら、お客さんが見えられましたよ」

なるほど、暖簾の外に、ふたつの人影が見える。ただ、入ってこようとはせず、戸口の前でためらいがちに佇んでいる。

「あたしがお迎えしても構いませんか？」

素早く腰を上げた絵乃に、女将は目を細めてうなずいた。

「よろしければ、どうぞ中へ」

迷っている客を、驚かせてはいけない。いらっしゃいませとは、あえて言わなかった。

しかし暖簾を分けてみると、意外な客だった。商家の若旦那風の身なりだが、まだ十五、六くらいか、未だ幼さを残した少年と、十二、三の少女である。

「あの、ここは離縁を請け負う公事宿だとききましたが、間違いありませんか？」

「はい、さようです」

「ぜひ、お頼みしたいのです。あたしたちの両親《ふたおや》の離縁を！」

「では、お父さまとお母さまの離縁を、私どもに成してもらいたいと？」

話の聞き手になった椋郎と絵乃が、思わず顔を見合わせる。

公事の相談は、他人の耳目をはばかるたぐいも多い。客からじっくりと話をきくために、帳場を据えた表座敷とは別に、奥座敷がしつらえられていた。客の年齢に、近い者をとの配慮だろうか。桐は若い手代ふたりに、ひとまず客を預けた。

「手前は、日本橋通二丁目で白粉紅《おしろいべに》問屋を営む下田屋《しもだや》の倅で、弥惣吉《やそきち》と申します。これは妹の帯《たい》です」

お帯が、ていねいに辞儀をする。弥惣吉は十六歳、妹は十三歳だという。日本橋通町には、江戸でも指折りの大店《おおだな》が立ち並ぶ。兄妹もまた裕福な商家の子女らしく、身なりにもかなりの金がかかっている。

「おふたりの親御さまが離縁をなさりたいと、そういう話でしょうか？」

椋郎の問いに、兄は唇を嚙んでうつむいた。

「少し、違います。離縁を目論《もくろ》んでいるのは、父と兄で……」

「お兄さま、ですか？」

「はい、あたしの上に、ちょうどひとまわり違いの兄がいます。名は二三蔵《ふみぞう》、下田屋の跡継ぎです」

「あたしたち、おとっつぁんと二三兄さんの話を、きいてしまったんです。借金から逃れるために、おっかさんとは離縁した方がいいと！」

妹のお帯が、叫ぶように訴えた。目には涙がにじんでいる。

椋郎は、困ったように首の裏に手をやった。若い兄妹だけに、感情が先走り説明が覚束ない。

「あのう、いまのお話から察すると、お母さまは、離縁をお望みではないと、そういうことでしょうか？」

遠慮がちに絵乃がたずねると、客のふたりがうなずいた。

「母は、何も知りません。父と兄の企み事なぞ、何ひとつ。このままでは、ろくな手切れ金すらもらえず、厄介払いされてしまいます」

「借金は、おっかさんのせいじゃないのに！　おじいさまが、遺したものなのに」

ああ、とようやく呑み込めたのか、椋郎が納得の声をあげた。

「お母さまのお実家《さと》の借金で、下田屋が難儀していると。それを払うために、お父さまと跡継ぎのお兄さまは、離縁を計っていると、そういうことですね？」

「はい、そのとおりです」と、兄がこたえる。

「では、店先で伺った、両親の離縁を頼みたいとは……」

「あんな情け知らずな父や兄など、こちらから願い下げです。母とともに、あたしと妹は下田屋を出る覚悟でいます。母のためにも先々の暮らしのためにも、せめて納得のいく手切れ金を得たいと」

「なるほど、そういうお話でしたか」

要は示談金の頼みであり、それならたしかに狸穴屋の得意とするところだ。

椋郎がそう請け合うと、兄妹の顔に安堵が浮かんだ。

「ここに来て、よかった！　幼なじみのおよしちゃんの姉さんが、何年か前にこちらに離縁をお頼みして、丸く収めてもらったときいたんです」

狸穴屋を訪ねてきた経緯《いきさつ》を語り、妹はほうっとため息をつく。

「では、公事料について、お話しさせていただきやすが……」

「いくらでも構いません。公事料を払うのも下田屋ですから。むしろ存分に、むしってやってほしいくらいです」

「おとっつぁんも二三兄さんも、ことのほかけちんぼだから、きっと値切り倒されるわ。負けずにふっかけてやってくださいね」

はあ、としか椋郎は返せず、機嫌よく帰ってゆく兄妹を見送った。

「まだお若いのに、お母さんのために健気《けなげ》ですね。あたしにとっては初のお頼み事ですし、気張ります」

「最初からその調子じゃ、息切れしやすよ。それに、なにせ頼み人が若過ぎる。ちっと用心した方がよさそうだ」

「用心とは、何をです？」

「離縁てのはね、必ず表と裏がある。夫と妻の言い分は、たいがい逆なものでしてね。片方ばかりに肩入れしては、表しか見ていないのと同じことだ」

「つまり、母方の言い分ばかりでなく、父方からも事情《わけ》を伺うべきだと？」

そのとおりだと、椋郎がうなずく。

「でも、ここに頼みに来たのは、いわばお母さま方ですよね？　それならこちらは、そちらのお味方をすべきでは？」

「まあ、それも道理だが……どうもあの兄妹の、身なりが気になってね」

「身なり、ですか。たしかにふたりとも絹物で、染めや織も見事でしたが……通町に店を張るお店の育ちでしたら、あたりまえかとも……」

「それがね、案外そうでもねえんでさ。金持ちに限って、地味に拵えるお人も多くてね。商家は案外しみったれで、だからこそ金も貯まる。だが、いまのご兄妹は、倹約とは無縁そうだ。そのあたりが、どうも引っかかる」

椋郎は、ここに来て九年になる。培ったその勘を、女将も無下《むげ》にはしなかった。

「それじゃあ、早々に下田屋に出向いて、旦那と跡継ぎに話をきくとしようかね」

桐も同行をほのめかしたが、通町まで足を運ぶ必要はなくなった。

翌日になって、向こうから狸穴屋を訪ねてきたのである。

「このたびは弟妹《きょうだい》が厄介をおかけしまして、面目しだいもありません。改めまして、下田屋が倅、二三蔵にございます。いまは二の番頭を務めております」

歳は二十八だというが、三十過ぎと見紛うほどに落ち着いた風情がある。

「こちらさまに、よけいな尻《しり》をもち込んだと、ふたりからききまして。こうして駆けつけたしだいです」

桐はその朝、所用で出掛けていて、昨日と同じく奥座敷で椋郎と絵乃が応対する。

「二三蔵さんは、両親の離縁を望んでおられると、そのように伺いましたが」

「ええ、そのとおりです。半年前に、大枚《たいまい》の借金を残して母方の祖父が亡くなりまして、借金取りが、うちにも姿を見せるようになりました」

紅や白粉をあつかう店だけに、当然、客は女ばかりだ。それを承知の上で、おそらくは嫌がらせのつもりだろう。風体《ふうてい》の悪い輩が店にまで入ってきて、荒い言動で金を返せと脅しつける。ほとほと参っていると、番頭を務める長男は眉間《みけん》にしわを寄せた。

「これはもう、母を離縁するより仕方がないと、父に申しました。母としても実父を亡くした矢先に、借金の苦労までは負いきれません。いっそ江戸を離れて、連中の手の届かない土地に移り住んだ方が、よほど安穏と暮らせましょう」

「お父さま、いえ、旦那さまも、同じお考えですか？」

「もちろんです。もともと父が言い出した話ですから」

少なくとも、兄妹三人の言い分に齟齬《そご》はなさそうだ。

「弟と妹は母さん子ですから、母と一緒に行くのは構わない。ただ、昨晩になって、とんでもない話をもち出しまして。母を離縁するなら、相応の財産を分けろと。下田屋の身代《しんだい》の三分はもらわないと割に合わないと」

「三分、というと……？」

「ざっと二千両といったところでしょうか」

「二千両！」

椋郎が叫び、絵乃も思わず目を見張った。庶民には勘定が覚束ないほどの金高である。

「そんな額を渡したら、下田屋は明日の仕入れにすら事欠きます。弟妹は商《あきな》い事には一切関わっていないだけに、店の金繰りも知りません。だからこそ、そんな無茶を言い出したのでしょうが……母方の血を濃く引いただけに、もとより金遣いが荒くて」

はああ、と身が細るほどのため息をついた。

「亡くなった母方の祖父は、塗師《ぬし》でした。職人を三人ほど抱えて、塗り物を請け負う店を開いていましたが、職人だけに金勘定には疎くて、とにかく金箱にあるだけ使ってしまう。母もまたそっくり似ていて、弟妹も同様です。あの三人は、まるで下田屋にとりついた金食い虫です。あたしどもが苦労して稼いだ金を、着物に料理に遊山《ゆさん》にと、湯水のように遣っちまう。父とあたしが、どんなに切り詰めても追っつかない。まるで白アリです」

どうにも愚痴めいてきたが、なるほど長男は、番頭だというのに木綿物を身につけている。昨日の弟妹たちとは、主人と使用人ほどに差があった。歳より老けて見えるのも、やりくりの苦労故かもしれない。

「同じご兄妹でも、ずいぶんと違いが出るものなのですね」

一人っ子なだけに、絵乃には不思議に思える。二三蔵は、皮肉を交えた微笑を浮かべた。

「あたしは跡継ぎとして、下田屋の祖父母に厳しくしつけられましたから……物心ついたときから商いを仕込まれて、商人たるもの目先の欲に走っては身代を傾けると教えられました。対して弥惣吉やお帯は、ずっと母にべったりで、欲しいものは何でも与えられ甘やかされて育った。違ってくるのもあたりまえです」

語り口は辛辣《しんらつ》だが、木綿の着物に落ちた視線には、わずかなゆらめきがある。その正体に、絵乃は気づいていた。よけいな気持ちを払うように、二三蔵は顔を上げた。

「二千両はさすがに無理ですが、相応の手切れ金は渡すつもりでいます。あの三人を下田屋から払えるなら、安いものです」

「払うだなんて、そんな……お身内でしょうに」

「身内だからこそ厄介なのです。いつか父が亡くなれば、一切の面倒はあたしが背負わねばなりません。正直、母や弟妹がいるうちは、身を固める気すらおきません。これ以上、金の出所が増えては敵《かな》いませんから」

昨日の弥惣吉やお帯は、たしかにお気楽が過ぎるが、この長男も金に対して阿漕が目立つ。何とも両極端な兄妹だと、絵乃は内心でため息をついた。

「弟妹がこちらさまを通すというなら、話し合いには応じます。ですが、父やあたしの苦労と、店の金繰りも察していただきたいと、こうして参りました」

「お話の向きは、よくわかりました。女将と相談の上、改めて離縁の段取りをつけさせていただきます」

椋郎はそう告げて、下田屋の跡継ぎを帰した。

桐は昼過ぎに戻ってきて、長男の来訪を手代たちから知らされた。

「で、椋、どう収めるつもりだい？」

「まずは下田屋の身代について確かめねえと。商売ぶりや蔵の数、奉公人と、一切を算盤で弾いて、手切れ金の額を決めようと」

「おまえまで、そのご長男とやらに、毒されちまったんじゃないのかい。肝心のことが抜けているよ」

「肝心のこと……？」と、椋郎は首をかしげる。

「絵乃には、わかるかい？」

「え、と……離縁なさるのは、下田屋のご主人夫婦ですよね？　当のご本人たちのお気持ちを、まだ伺っておりません」

「ああ、そういえば、そうだった！」

椋郎が、素っ頓狂な声をあげる。

「おまえにしては粗忽《そこつ》だね。どうせ新入りの指南役に張り切り過ぎて、手許が疎《おろそ》かになっちまったんだろ？」

面目ねえ、と恥ずかしそうに首をすくめる。

男の常で顔にはあまり出さず、むしろ淡々として見えたが、そんな気負いがあったのかと微笑ましい気持ちがわく。

「なにせ椋にとっては、初めてできた舎弟だからね。これまではお志賀にやられっ放しだったから、下の者ができたのが嬉しくって仕方がないんだよ。まあ、はしゃぐ気持ちもわかるけどねえ」

「女将さん、頼むからもうその辺で……」

ばつの悪そうな椋郎に、桐は軽やかに笑う。また雑談かと、帳場で舞蔵が顔をしかめ、笑い声に釣られたのか、勝手から花爺と奈津が顔を出す。

ここはいつも笑いが絶えず、和やかだ。あたりまえのその風景が、いまの絵乃には何よりも有難い。

狸穴屋《ここ》に来て、よかった――。心の底から、絵乃は思った。

「大店に挨拶に出向くとなれば、さすがに主人が顔を出さないわけにもいかないからねえ」

翌日、桐は手代ふたりを引き連れて、日本橋通町に向かった。

「二丁目というと、もう少し先になりやすね」

日本橋を渡ると、右手に高札場《こうさつば》が、左手には青物市場がある。そこを過ぎながら、椋郎が前方を示した。通町はその先に、一丁目から四丁目まで続いている。

「ええっと、二丁目の終いの辺りだときいたから、そろそろ……」

「もしや、あそこじゃないかい？」

桐が二軒ほど先の、左手を差す。

「店先が騒がしいようですが……何か、揉めていませんか？」

絵乃が言ったとおり、胡乱《うろん》な男が四、五人、店の前にたむろしている。いかにも風体の悪い、ひと目でごろつきとわかる手合いで、紅白粉の店にはそぐわない。店内にも男がふたり座り込み、番頭や手代が困り顔で応じている。その中には、長男の二三蔵の姿もあった。

「おそらく、借金取りでしょう。あのようすじゃ、一軒では利かないようだ。二、三の金貸しが、いよいよ本腰を入れて取り立てにきたに違いない」

「どうしましょう、女将さん。やはり出直した方が、よくはありませんか？」

絵乃もまた、金貸しのしつこさは骨身にしみている。奉公先にまで押しかけられ、脅され、怒鳴られた。けれどもいちばん悲しかったのは、非がこちらにあることだ。やりようは非道でも、借りた金を返せというのは、ひどくまっとうな言い分だ。亭主の拵えた借金だろうと、その理屈は変わらない。一言も言い返せず、身をちぎられるような思いをしながら、じっと罵倒に耐え続けることしか絵乃にはできなかった。

自ずと自分に重ねてしまい、からだがすくみ、足が止まった。

気づいた椋郎がふり返り、絵乃のようすで察したのだろう。元気づけるように、にっと笑った。

「心配はいらねえよ。女将さんの手際を、とっくりと拝んでおきなせえ」

「でも、女の身で、あんな連中を相手にするなんて……」

「離縁には、借金がつきものでね。請けた仕事の、二件にひとつはついてまわる。こっちも慣れっこでね。金貸しが相手なら、それこそ女将さんは百戦錬磨だよ」

桐はふたりを構うことなく、すたすたと歩を進める。

「ちょいと、ごめんなさいよ。通していただきますよ」

胡乱な男たちの塊を、わざわざ割って下田屋に入っていく。暖簾の内に姿を消した桐を、椋郎と絵乃も慌てて追った。

「ごめんくださいまし、狸穴屋でございます」

「狸穴屋、というと、昨日の……?」

「昨日はわざわざご足労いただきまして、痛み入ります。ご挨拶が遅れましたが、狸穴屋の主人で、桐と申します。よろしくお見知りおきを」

長男にとっては初見の相手だ。とまどい顔を向けていたが、続いて入ってきた椋郎と絵乃を認めて、合点がいったようだ。

「すみません、ただいま取り込んでおりまして……昨日のお話でしたら、日を改めて」

「取り込みの最中《さなか》であることは、先刻承知ですよ。むしろ、こういう悶着を収めるのも、あたしどもの仕事でしてね」

上がり框に尻と片足を乗せていた男が、ずいと立ち上がった。

「おい、婆さん、ずいぶんと威勢がいいな。怪我をする前に、とっとと失せな」

「それとも、ババアもおれたちの同業か? だったら後ろに並ぶんだな」

もうひとり、前に陣取っていた男も横に並び、威嚇《いかく》するように桐の前を塞ぐ。怯《ひる》むどころか、桐の目つきが鋭くなった。

「あーあ、わざわざ喧嘩を売っちまった。女将さんには、あの一言は禁句でね」

こそりと椋郎が耳打ちする。と、がたいのいい男ふたりを相手に、いきなり桐が啖《たん》呵《か》を切った。

「ババア、ババアとうるさいね！　雁首《がんくび》そろえて間抜け面をさらしてる、あんたらには言われたかないね！」

「何だと……てめえ、つけあがるんじゃねえぞ！」

「証文を、お出しな」

「あん？」

「貸した金の証文だよ。あたしは公事宿の主でね、とっくりと検分させてもらうよ」

「公事宿、だと……？」

相手の顔色が明らかに変わった。いまにも摑みかからんばかりだった男が、桐から身を引いた。

「証文なら、ここに……」

と、二三蔵が桐にさし出す。一瞥《いちべつ》するなり、ふん、と女将は鼻で笑った。

「ここには、下田屋なんて一言も書いてないじゃないか。何だってお門《かど》違いの証文を、もち込むんだい？」

承知の上で、桐が空とぼける。

「ここの内儀の、父親が拵えた借金なんだよ。そいつがおっ死《ち》んじまったんだから、娘に尻拭いをさせるのは、あたりまえだろうが！」

「そいつの身内は、娘三人きりだが、ふたりは遠国《おんごく》に嫁いでいるからせっつきようもねえ。幸いこちらの嫁ぎ先は、銭がうなっているからな」

ふたりの男が、てんでに事情を語る。

「他家に嫁いだ娘が肩代わりするなんて、御定書《おさだめがき》にはどこにも書いていないがね」

男たちが、ぎくりとする。やくざの下っ端に近い手合いなだけに、学には欠ける。中身なぞもちろん知るはずもなく、「御定書」ときくだけで怖気《おじけ》が先に立つ。

公事方御定書は、八代将軍吉宗が拵えた司法・刑法をはじめとする御法をまとめたものである。公事とあるとおり、公事宿はこの御定書に則って始末をつける。つまりは公事宿の主張は、御上《おかみ》の達しにほかならない。

「それに、なんだい、このべらぼうな利息は。御定法の倍にもなるじゃないか。これは放っておけないね」

と、桐はおもむろに暖簾を分けて、外にたむろした連中に向かって声を張った。

「ほらほら、あんたたちも、とっとと証文をお出しな。他所《よそ》の借金を、下田屋さんに肩代わりしてもらおうなんて虫が良すぎるよ。代わりに公事宿が、まとめて始末をつけてやろうじゃないか。証文もまとめて預かるからね、さあさあ、早くお出しったら」

叩けば埃どころか、悪事がわんさか出てくる連中だ。誰もが関わりを恐れ、早くも逃げ出す者すらいる。よく通る上に、わざとらしいほどの大声は、往来の野次馬や近所の者たちにきかせるためだろう。

それまで威勢のよかった男たちの塊が、ひと息にふやける。しかし中には、果敢に向かってくる者がいた。店の中にいた男たちだ。

「よう、ババア、ずいぶんとこけにしてくれるじゃねえか。そこまで見栄を張るなら、ぶん殴られる覚悟くらい、できてんだろうな？」

「公事宿が怖くて、商売できるかってんだ。女ひとりで、粋がるんじゃねえよ！」

彼らの怒りは本物だ。いまにも殴られそうで、絵乃は怖くてならない。けれども桐は、怯《おび》えるどころか、にんまりと笑った。

「公事宿を、舐めてもらっちゃ困りますね。もちろん、用心棒も控えておりますよ。椋、後は頼んだよ」

「へい、女将さん」

待ってましたとばかりに、椋郎が前に出る。思わず絵乃は、その袖をつかんだ。

「椋さん、喧嘩は……」

「大丈夫、さっさと片付けてきやすから」

悪戯っ子のような表情だった。決してまともにやり合うわけではないと、顔に書いてある。

椋郎は両手を組んで、バキバキと指を鳴らしながら、女将と男たちの間に立った。

「こいつは湯島の大工の三男坊でね。餓鬼の頃から誰彼構わず殴りとばして、あまりの喧嘩っ早さに棟梁《とうりよう》ですら匙《さじ》を投げたってえ札付《ふだつ》きさ。『天神《てんじん》の虎』って二つ名があってね、まあ、骨の一本や二本は覚悟しておくれ」

どこまで本当なのか、絵乃には察しがつかないが、男たちに動揺が走る。

背丈もふたりに勝り、腕っぷしも強そうだ。何より不敵な笑みが、不気味なのだろう。

「後始末も、きっちりさせてもらうよ。喧嘩両成敗とはいえ、公事宿の奉公人に手を出すんだ、そこも勘定に入れてもらわないと。お白洲の場が、楽しみだねえ」

白洲の一言で、男たちは縮み上がった。どう考えても分が悪い。たった一発の拳《こぶし》で、下手をすれば島流しもあり得る——。おそらくそんな計算が、素早く働いたのだろう。

「今日は日が悪いようだな。また改めて、出直してくらあ」

精一杯、粋がりながら、あたふたと店を出てゆく。

「今度、その面をここに出したら訴えてやるからね！　忘れんじゃないよ！」

捨て台詞すらも、桐に軍配が上がった。

まるで金色《こんじき》の仏像を拝みでもするように、二三蔵や手代が両手を合わせた。

「父は寄合で出ておりますが、まもなく戻ります。どうぞ奥で、お待ちになってください」

奥の客間に通されて、極上の茶と菓子をふるまわれた。借金取りを払ってくれたことがよほど有難かったのか、跡取り息子は酒や膳すらほのめかしたが、桐は丁重に断った。法外な謝礼やもてなしは、御上にきつく戒められているからだ。

客間からは、風流な庭が見えた。手を入れ過ぎず、小さな池のまわりには秋草が茂っている。鹿威《ししおど》しが、時折枯れた音を立てた。昨日から十月に入り、暦は冬の訪れを告げていた。

やがて外出先から主人が戻り、内儀とともに客の前に膝をそろえた。先刻の顚末は、長男からきかされたのだろう。

「このたびは、たいそうお世話になりました。心から礼を申します」

と、まずは丁寧に謝辞を述べる。主人の四方右衛門《よもえもん》は、箒《ほうき》のような痩軀《そうく》と、長男と同じ地味なこしらえのせいか、大店の主にはあまり見えない。対して内儀はころりと肥えていて、歳にしては派手な色柄を身につけている。

何とも両極端なふたりだが、そのわりには納まりがいい。三十年の年月を重ねた夫婦がもつ、和やかな空気があった。どう見ても、離縁を望んでいる夫婦とはほど遠い。数多くの夫婦を見てきた桐にとっても、慮外だったのだろう。言い辛そうに切り出した。

「本日こちらに伺いましたのは、離縁の件なのですが……」

「はて、離縁とは？」

四方右衛門がきょとんとし、顔を向けられた内儀の留《とめ》も、短い首を傾げた。

「うちでは長男の嫁取りも済ませておりませんし……もしや、奉公人の誰ぞの話ですか？」

「いえ、その……旦那さまとお内儀の、話なのですが……」

「私どもが、離縁ですと？　まさか！　いったい誰がそのような」

「お子さま方からは、そのように……」

やはり戸惑いながらも、椋郎と絵乃が、昨日と一昨日の仔細を語る。

「なるほど……あたしと二三蔵の話を、弥惣吉とお帯がきいていましたか」

納得がいったように主人はうなずいたが、内儀にはまったくの初耳であったようだ。

「まあ！　何て情けない！　この歳まで連れ添った女房を、見捨てるおつもりだったのですか！」

ふくよかな内儀の頬に、たちまち涙がこぼれ、よよと泣き崩れる。

「これ、泣くでない。そうではないのだ、お留」

「いいえ、旦那さまの心積もりは、ようくわかりました。私の実家《さと》の面倒を嫌って、放り出すおつもりなのですね？　かねてから無駄遣いが過ぎると、散々咎《とが》められておりましたから、今度こそ愛想が尽きたのでしょう？」

「おまえの散財に、三十年もつき合ってきたのだぞ。いまさらそれを、離縁の種になぞするものかい」

「やっぱり！　私の不束《ふつつか》をそのように侮《あなど》って……ですが、言わせていただきますが、旦那さまこそ、しみったれではありませんか！　ただただ金を惜しみ、貯めることだけを生甲斐にして。綺麗なものや美味しいものを、敵《かたき》のように疎《うと》んじて。いったい何を楽しみに生きているのか、私にはわかりかねます。まるで地面を這いずりまわるアリのようではございませんか。人として、毎日の暮らしを享受しようとの気概がございません」

「アリとは、言い過ぎだろう！　おまえこそ、金食い虫であろうが」

温厚そうな主人も、思わずむきになる。その間合いに庭の鹿威しが、カコンと間抜けな音を立てる。まるでそれが合図でもあるように、夫婦の言い合いがはじまった。

「言うておくが、おまえこそ何事につけ奢侈《しゃし》に走り過ぎる。着物を買うなとは言わんが、何も総絞《そうしぼ》りや刺繡《ししゅう》帯でなくともよかろうが。芝居も観るだけならまだしも、役者への過分な心付《こころづ》けは分不相応だ。この前の建て増しにしても、おまえが材や建具にあれこれと注文をつけたものだから、三十両も余計にかかったのだぞ」

「やはり、私のやることなすことが気に入らないのですね！　それは私とて同じです。

かような大店に嫁いだというのに、あれもこれもといちいち止め立てされて。旦那さまこそ、主人にあるまじき粗末な形《なり》を通されて、妻の私がどれほど肩身の狭い思いをしているか、お気づきにもならない。ええ、ええ、どうせ私は、金食い虫です。いない方が、下田屋のためにはようございましょう。旦那さまに追い出されるくらいなら、こちらから出ていきます！」

たいそうな言い合いなのに、止める気にもなれない。夫婦喧嘩は犬も食わないとは、的を射た諺《ことわざ》だ。諍《いさか》いであるはずが、ながめていると微笑ましい気分になってくる。

「うらやましい……こんな喧嘩ができたら、夫婦でいるのも楽しいでしょうね」

絵乃はつい、ぽつりと呟いていた。皮肉ではなく、心の底からそう思えた。ぽん、と肩を叩かれる。

「次にはきっと、そういう縁が待っていやすよ」

椋郎の励ましに、絵乃は小さくうなずいた。

そのあいだも夫婦の応酬は続いていたが、いい加減のところで、主人が怒鳴った。

「離縁なぞ、認めんぞ！　別れるつもりなど、わしにはないからな！」

「旦那さま……まことですか？」

「あたりまえだ。おまえのいない人生なぞ、考えられん。おまえのような金食い虫がいてくれたからこそ、もっと稼がねばと商売にも張りが出た。下田屋がここまでになったのは、お留、おまえのおかげだ」

「まあ！　その言い草では、私が厄介者であることには変わりないじゃありませんか」

「不足も厄介も、お互いさまだ。そうだろう、お留」

「さようですね、旦那さま」

それまでの諍いが嘘のように、夫婦が笑い合う。

生まれや育ちが違うのだから、互いに相容れぬものがあってあたりまえ。中にはどうしても、埋められぬ溝もある。

「育ちもあるだろうけど、金遣いってのは案外生まれつきでね。生まれもった性分によって、楽や興を求めるか、用心が先に立つかで違いが出るのだろうね」

後になって、桐はそんなふうに語った。その一点だけは互いに譲れぬまま、それでもともに長の年月を過ごしてきたのは、欠点の裏にある長所を愛でてきたからだ。

四方右衛門は、妻との仲直りが済むと、長男を呼んで改めて宣した。

「おまえにも、はっきりと告げておく。わしはお留と離縁するつもりはない」

「でも、お父さん……」

「金貸しが押しかけて、お留も参っていたからな。ただでさえ父親を亡くして辛いところにこの騒ぎだ。しばらくは下田屋を離れ、どこぞで養生させた方がよかろうかとも考えた。離縁の話も、あくまで建前に過ぎん。離縁のふりをして金貸しを下田屋から払い、ほとぼりが冷めたころに呼び戻そうかとの思案もありましてな」

「そういうことでしたか……」

と、桐が、ようやく得心できたようにうなずいた。これで事が収まるかに思えたが、反論したのは長男だった。

「あたしは、本気でしたよ。始終、金の話で揉めるくらいなら、いっそ別れた方がいい」

「二三蔵……」

「どんなに働いても、稼いだ金を費やすのは母さんと弟妹だ。主人だの跡継ぎだのとは名ばかりで、これではまるで母さんたちに仕える奉公人じゃないか」

これまで溜め込んでいたものを吐き出すように、二三蔵が苦衷《くちゆう》をさらす。

「母さんや弟妹を、そこまで迷惑に思っていたなんて……」

「ああ、大迷惑だ！　母さんが甘やかすから、弥惣もお帯も気ままを通す。長男になぞ生まれたばかりに、あたしひとりが貧乏くじを引かされて……」

離縁話のはずが、親子喧嘩になってしまった。参ったなあと言いたげに椋郎は顔をしかめたが、離縁にはこれもつきものだ。夫婦という軸が揺らぐことで、それまで溜め込んでいた膿《うみ》が、あちらこちらからいっぺんに吹き出す。

「もう、たくさんだ！　あたしは三人に、出ていってほしい！」

長男の声に、座敷がしんと静まり返る。母親がふたたび涙をこぼし、その姿が胸に詰まる。昨日の長男のようすを思い出し、絵乃は切り出した。

「二三蔵さんはただ、うらやましかったのではありませんか？」

「うらやましい、とは何の話です？」

二三蔵が怪訝《けげん》な顔を向ける。

「お母さんといつも一緒にいられて、存分に甘やかしてもらえる。そんな弟と妹に、焼餅《やきもち》を焼いているのではないですか？」

跡継ぎとして厳しくしつけられたと、二三蔵は言っていた。長男と次男以下のあつかいは、雲泥《うんでい》の開きがある。武家でも商家でもそれは同じだ。一方で、大きな責めも負わなければならない。遊ぶ暇すら与えられず、家業をとことん仕込まれる。子供らしい甘えや我儘《わがまま》とは、おそらく無縁であったのだろう。

嫉妬に近い弟妹への気持ちが、昨日の二三蔵からは透けて見えていた。

「焼餅だなんて、まさか……」

袖で涙を拭いながら、お留が言いさした。

「だっておまえは、お舅《とう》さんやお姑《かあ》さんから小遣いも与えられて、膳の皿ですら下のふたりより多かったじゃないか。弥惣吉やお帯が引け目を感じては可哀想だからと、せめて私が欲しいものくらいは与えてあげないとって……」

「二三蔵さんも、お母さんに同じことをしてほしかった。それだけではありませんか？」

「あたしは、別に……いい歳をして、そんなことは……」

図星をついていたようだ。抗いながらも、言葉尻が頼りない。それまで黙って見守っていた四方右衛門が、ふいに言った。

「二三蔵、おまえ、嫁をとりなさい」

「お父さん、いきなり何を……」

「わしは母さんを伴侶にしてよかったと、心から思っている。わしもおまえと同じに、商いより他には能のない男だからな。母さんがいなければ、さぞかしつまらない人生だったろう」

真面目一辺倒の四方右衛門は、楽しむ術《すべ》を知らない。朗らかなお留がいてくれたからこそ、自分の来し方は彩りにあふれている。いくら費やしたとて、悔いることはないと主人は言い切った。

「互いの不足を補い合うのが、夫婦の醍醐味だ。妻や子をもてば、おまえにもわかるだろう。だから、伴侶をもって、おまえの人生を築きなさい」

「二三蔵、そうおしよ。ちょうど見合いの話がきていてね、十八になる小間物問屋の娘さんでね」

内儀の顔が明るくなって、それを汐《しお》に桐は暇を告げた。

下田屋を出ると、うん、と椋郎が伸びをする。

「やれやれ、とんだただ働きをしちまったねえ」

ぼやきながらも、桐の機嫌はよさそうだ。

「だが、お絵乃は初の頼みを、立派にやり遂げたね。なかなかに上手い仲裁だったよ」

冬の到来を思わせる風も、わずかに上気した絵乃の頬には心地よかった。

「次男の弥惣吉さんにも、養子の話があるようですし、お帯さんもそのうち嫁に行く。これで長男の嫁取りが叶えば、下田屋も安泰ですね」

「椋の嫁取りは、いつになるのかねえ。仲人ができるのを、楽しみにしてるのに」

「おれは関わりねえでしょう。だいたいが、夫婦そろっての仲人ですぜ。女将さんおひとりじゃ、務まりやせんや」

絵乃の笑い声は風に乗り、日本橋のにぎやかな喧噪に呑み込まれた。

双方離縁

「ごめんくださいましよ」

暖簾を分けて入ってきたのは、武家の妻女だった。

「いらっしゃいまし。ご相談でございますか？」

腰を上げ、愛想よく迎え入れたが、客はきょとんとして、それから店の内を見回す。

「ええっと、ここは……『狸穴屋』、で間違いはないね？」

「はい、さようでございます。私は、手代の絵乃と申します」

本当は手代の下に見習いとつけるべきところだが、客の前ではいっぱしの顔をしていろと、女将の桐から達せられている。

とはいえ、ここに来てまだひと月。毎日、仕事の合間に、子供の手習いよろしく証文の習字をしたり、公事帳で過去の判例を頭に詰め込んだりと努めてはいるが、まだまだ小僧以下の分際だ。歳が若く、女ということもあり、客には宿の女中と思われて、意外そうな顔をされるのは茶飯事だ。

今日の客は、とりわけあからさまだった。

「手代だって？　あんたが？」

一声叫び、不躾なまでにまじまじと、上から下までながめまわす。

「公事師には、とても見えないがね。公事に関わって、どれくらいだい？」

「決して長いとは言えませんが……それなりに」

ひと月と正直にこたえたりしたら、客の不安は増すばかりだ。でき得る限りぼかしてみたが、疑わしい目つきはしつこく張りついたままだ。

整った顔立ちで、美人の部類に入るだろうが、眼差しが強すぎる。武家の女は概ね、他人に対しては伏し目がちで、じろじろと相手をながめまわすような真似はまずしない。また言葉つきもぞんざいを通り越し、伝法な調子が勝っていた。

歳は三十前後といったところか。おそらく生まれは武家ではなく、町人身分から嫁いだ身かもしれない。詮索《せんさく》めいた視線をかわしながら、余念なく相手を見定めた。

「あのう、よろしければ、ご用の向きを承りますが。今日はどのようなご相談を？」

「へええ、あんたが捌いてくれるのかい？　それじゃあ、遠慮なく」

「では、どうぞ奥へお通りください」

「いや、ここで構わないよ。離縁の相談なんだがね」

帳場と三つの机が並んだ座敷の端に腰かける。

「かしこまりました。離縁をお望みなのは、お客さまでしょうか？　それとも、お身内の方ですか？」

奥に向かって茶を頼んでから、客の前に座る。少し遅れて、へえいと花爺の声が、勝手から返った。

「あたしはふた月前に、縁付いたばかりですからね。おかげさまで、まだまだ離縁には縁遠い身ですよ」

「これはご無礼を。では、お身内のどなたかですか？」

「身内ではないけれど、うちの殿さまにとっては身内同然の、大事なご朋友のお話でしてね」

うちの殿さま、との物言いが、何だかおかしい。思わず浮かんだ笑みを口許に留め、絵乃は先を促した。

「まあ、早い話が、そのお方が奥さまとの離縁を考えておられるんだ」

「つまりは殿方の側から、妻を離縁したいということですね？」

「姑《しゅうとめ》との折り合いがことさら悪くて、寄るとさわると喧嘩ばかり。どちらも我が強くて、堪《こら》えが利かない。ご当主さまも、すっかり参っちまってね。夫婦《めおと》になって二年、まだ子供もいないし、家風に合わぬのなら、いまのうちに離縁した方がいいかと申されて」

家風に合わないとは、夫の家の側がよく用いる常套句だ。嫁の側にだって、実家で大事にしてきた事々があるはずなのに、一切捨てるようあたりまえに諭《さと》される。どこか理不尽にも思えて、軽い反発を覚えるのだが、いまはおくびにも出さず相手にこたえる。

「殿方と親御さまの申し出でしたら、奥方にそのように仰れば、特に障りはないのでは？」

三行半《みくだりはん》は、夫が妻にさし出すものだ。夫や婚家が離縁を所望しているのなら、去り状を書けばよい話ではないかと、単純に考えていた。

「何言ってんだい。武家の離縁が、そんなほいほいと片付くわけがないじゃないか」

「それは……御上への届けに、手間暇がかかるということでしょうか？　昨今では、内輪だけで婚礼を済ませて、届けをしないお家も増えておりますが……」

ひと月のあいだに培った、頼りない知識を並べてみたが、相手は心底呆れた顔をする。

「そういう話じゃなくってね、旦那のお役目は作事方書役《さくじかたかきやく》、対して奥方は、作事下《さくじした》の娘御なんだよ」

「はあ……」

「武家の縁組じゃ、むしろよくある話だからね。どういうことか、わかるだろ？」

正直言って、まるでわからない。こたえに窮し押し黙ったが、幸いそこに助け船が入った。

「ただいま戻りました！　あれ、お絵乃さん、ひとりかい」

手代の椋郎が帰ってきた。しかし絵乃の前に座る客の姿を見るなり、ぎょっとする。

「げっ！　お志賀さん！」

「何だい、その顔は？　あたしが来ちゃ、まずいことでもあるのかい？」

「いや、もちろん、そんなことはござんせんよ。すっかり武家の妻女が板についたなあと、惚れ惚れしちまっただけで……」

「空々しい。椋は相変わらず、呑気そうだね」

椋郎が口にした名は、絵乃にも心当たりがあった。おそるおそる口をはさむ。

「あのう、もしや、こちらさまは……以前、狸穴屋にいたという……？」

「ああ、お志賀さんだ。惚れた腫れたの末に、ふた月前にお武家さまに嫁いでね。それまでは、うちの手代だったんだ」

「そうでしたか……」

武家の妻女にしてはざっかけない口調も、妙に物慣れた風情にも、得心がいった。

「お絵乃さんとの顔合わせは、済みやしたか？　お志賀さんの代わりに、ひと月前に雇われましてね」

「あたしの代わりにしては、お粗末だねえ。なあんにも知らないじゃないか」

絵乃をじろりと睨み、ずけずけとこき下ろす。客の手前だと精一杯張った見栄が、裏目に出た格好だ。元公事師の目には、どんなにか無様に映っていたろうと、絵乃は真っ赤になって肩をすぼめた。椋郎が、あっけらかんと言い返す。

「そりゃ、仕方ねえです。誰も彼もがお志賀さんみたいに、公事師の家に生まれるわけじゃありやせんから。たいがいはまっさらで、仕事をしながらひとつひとつ覚えていくより他にない。と、女将さんも言ってまさ」

「お志賀さんは、公事宿のお生まれでしたか……」

「宿ではないがね。父が湯島で、公事師をしてたんだ。つまりは潜《もぐり》ってことだよ」

幕府から認められた者だけが、公事宿を名乗ることができ、いまの世では公事師といえば、非公認の存在をさす。志賀の父親は、その公事師であったという。

「それでも、ずっと傍で見ていたからね。門前の小僧と同じに、そこそこ頭に入っていた。女将さんはそこを見込んで、雇い入れてくれたんだ。おとっつぁんと女将さんは、古い馴染みでね」

志賀は十七で公事宿に入り、五年後には、椋郎も狸穴屋で世話になることになった。

「湯島といえば、椋さんも同じでしたね」

「通った手習所が同じでね。椋は四つ下だけれど、女は男より二、三年長く通うだろ？　三年くらいは重なっていた。大工の倅にしちゃ読み書きが達者だったから、使えるかもしれないと女将さんに話を通してみたんだよ」

ふたりが狸穴屋に雇われた経緯《いきさつ》を、そのように語る。

「なのに椋ときたら、当時は荒れていただけに最初はひどくてねえ。公事師みたいなしみったれた仕事はご免だと、たっぷり半年はごねていた。ひとまず花爺の手伝いをさせてみたんだがね、料理の才がまるっきりなくてさ」

「ちょっ、お志賀さん、昔の話は出さねえでくだせえよ！」

その折に、花爺が茶を運んできた。

「何だ、客ってのは、お志賀さんかい。そんな形《なり》をしていたから、見違えちまったよ。

ちゃんとお武家のご新造に、見えるもんだねえ」

「ふふ、馬子にも衣装でしょ。花爺も、達者なようすで何よりね。いま、椋の話をしていてね。花爺と一緒に勝手に立っていた頃の話だよ、覚えているだろ？」

「ああ、椋の包丁遣いときたら、ひどかったねえ。沢庵《たくあん》すら満足に切れなくて、文句をつけると、鋸《のこぎり》ならあつかえると、そうくる。沢庵を鋸で切ろうってんだから、豪儀な話よ」

「おれの話は、勘弁してくれって。ふたりにやられちゃ、敵わねえなあ」

椋郎が大工の三男だとは、絵乃もきいている。たまらず吹き出した横で、椋郎が苦りきる。煮炊きをしているとかで、花爺はすぐに勝手に姿を消した。

「お志賀さんこそ、嫁いでふた月で、もう飽いちまったんですかい？　お武家の奥方が、あまりひょこひょこと出てきなさると、目くじらを立てられやすよ」

「しがない御家人だからね。あたしも奥方なんて、仰々しい立場じゃない。商家にくらべれば、よほどつましい暮らしさね」

「櫓木啓五郎《やぐらぎけいごろう》さまと仰ってね、評定所書役《ひょうじょうしょかきやく》を務めていなさる」

櫓木家は小身だが、評定所書役は、そのような家から文才のある者が抜擢される。評定所はいわば、もっとも権威の高いお白洲であり、寺社・町・勘定の三奉行と、ときには老中も列座して、裁判や評議を行った。

「殿さまとお志賀さんは、どのようなご縁で知り合われたのですか？」

　武家と町人の縁組はままあるものの、多くはない。興味がわいて、絵乃がたずねた。

「櫓木さまが、公事の相談にいらっしゃってな。二年ほど前になるか、啓五郎さまの妹御が旦那さまを亡くされた。実家《さと》に戻ることになったんだが、財のことでちょいと揉めたんだ」

　嫁入りの際に婚家に運んだ道具のたぐいを、返す返さないでひと騒動起きたようだ。仲介を求めて、狸穴屋を訪ねてきた。

「この件は、お志賀さんが収めた。嫁ぎ先にはだいぶごねられたようだが、啓五郎さまと一緒に先さまに出向いて物申してな。妹君の言い分を、ほぼ通しちまった」

「それはまた、見事な……」

「たとえ夫婦になっても、財の取り分はきっちりと線引きがなされているからね。妻の家財は妻のもの。妻が家を出るなら、婚家が返すのはあたりまえなんだ」

　感心する絵乃に、事もなげにお志賀が講釈する。

「嫁いだからには、嫁も婚家に属します。家財もやはり、嫁ぎ先のものになるのだと思っていました」

「そう勘違いする者も多くてね。でも御法には、ちゃんと書いてあるんだよ。妻の財は夫の財にあらず、ってね。実家《さと》からの嫁入り道具はもちろん、嫁いでから婚家で買った着物なんかも含まれる。妻に非がない離縁なら、結納金をそっくり返す例《ためし》もあってね」

「そうなのですか……まったく存じませんでした」

本当に何も知らないのだと、改めて自分の不足に恥じ入った。

「まあ、そう気を落とすこともないさ。客への応じようばかりは、そつがないからね。椋にくらべれば百倍ましさね」

「おれは十八でここに来たんですから、一緒にしねえでくだせえよ。それより、嫁ぎ先での暮らしぶりはいかがですか？」

椋郎が、矛先を変えるように話をふった。

「やっぱり窮屈なところはあるけれど、思っていたよりはだいぶましかね。お舅《とう》さんは大らかだし、お姑《かあ》さんも穏やかなお人柄で小うるさいことを言わないし。妹さんも次の嫁入り先が決まってね」

啓五郎は二十九歳、志賀はふたつ上の、姉さん女房だという。妹が再縁すれば、一家四人に女中がひとり。必要な折には中間《ちゅうげん》を雇うこともあるそうだが、家人の数はそう多くない。大きな商家なぞにくらべたら、よほど気ままが叶うと、志賀は呑気そうに告げた。

「いや、そういう色気のねえ話じゃなく、啓五郎さまとの仲はいかがかときいてるんでさ」

「なにしろ、一年もかけて口説かれたんだ。そりゃ、下にも置かず大事にされているさね」

「へえへえ、ごちそうさま。野暮なことをきいちまいやしたね」

椋郎が首をすくめる。

「ああ、いけない。すっかり無駄話が長くなっちまった。公事の相談に来たことを忘れていたよ」

志賀はさっきと同じ話を、もう一度語る。

「なるほど、夫方が作事方書役、妻方は作事下と……五倍の開きがありますね」

絵乃がつまずいた個所も、先輩手代の椋郎は大きくうなずく。

「ああ、お絵乃さんは知らねえか。まず、作事方はわかるかい？」

椋郎は新入りの絵乃にも、案外ていねいな言葉遣いをしていたが、このひと月でだいぶくだけてきた。面倒見のよさだけは変わらず、絵乃が腑に落ちない顔をすると、敏感に察して助言をくれる。

「はい。作事方は、お城やお役所の建物を普請するお役目ですね」

このひと月で覚えたことを、頭の隅から引っ張り出す。

「そうそう。作事下は、作事下奉行のことでな。おれたちは縮めて呼んでいるが、作事方の長を務める作事奉行の次の位にあたる」

作事下奉行の役高は百俵。将軍さまに目通りできる、御目見《おめみえ》の身分にあるという。

「対して作事方書役は二十俵。御目見以下だ」

「百俵と二十俵……五倍の開きとは、役高のことでしたか」

「つまりは奥方の実家《さと》の方が、家格が高い。武家の婚儀では、いまやあたりまえだがな」

「そういうものなのですか……存じませんでした」

「武家では同格か、家格の高い家から嫁をとることが多いんだ。どこも手許不如意だから、少しでも実入りをよくしようとの腹かもしれないがね」

椋郎と志賀に説かれて、絵乃もようやく合点がいった。

「お志賀さんが手を貸してあげたら、公事代もかからねえし、丸く収まるんじゃねえですかい？」

「そこなんだよ。あたしが正面から首を突っ込むと、櫓木家が余計な怨みを買っちまうかもしれないだろ？　始末はあたしがするからさ、ちょいと顔だけ出して、表向きは狸穴屋の差配として通したいんだよ」

「おれを担ぎ出そうってえ腹ですかい？　調子がいいなあ」

「そのつもりでいたんだがね、もっと安上がりなやりようを思いついた。この半人前を貸しておくれな」

えっ、と絵乃が短く叫び、椋郎も仰天する。

「いやいやいや、お絵乃さんじゃ、まだ無理でさ」

「始末はあたしがつけると言ったろ？　あんたはあたしの言うとおりに、口上を述べるだけでいいからさ」

逡巡《しゅんじゅん》はごく短かった。思わず、大きな声が出た。

「椋郎さん、あたしに行かせてください！」

お志賀の言うとおり、いまの絵乃には何もできない。だからこそ、お志賀の手際を間近でながめられるのは、自分にとってもいい機会だ。

「どうか、お願いします！　あたしを連れていってください、お志賀さん」

「へえ、見かけによらず、気骨はあるじゃないか。気に入ったよ」

志賀と絵乃を見くらべて、椋郎が諦めたようにため息をつく。

「ひとまず女将さんにお伝えして、相談してみやしょう」

「頼んだよ、椋」

志賀は軽やかに腰を上げた。


「お志賀ときたら、相変わらず抜け目のない」

話をきくなり女将の桐は、鼻の上にしわを寄せた。

公事の頼み人に付き添って、桐は朝から町奉行所に行き、八つ時《どき》に帰ってきた。やはり役所の内では何かと気苦労が多いらしく、奉行所の帰りにはよく甘い物を買ってくる。今日は餡餅《あんもち》を粒の小豆で被った鹿の子《かこ》餅だった。

奈津が茶を淹れたところに、番頭の舞蔵も帰ってきた。舞蔵は払いの遅れている公事代の回収のために、赤坂に出掛けていた。

「四百五十石のお旗本でも、金繰りは覚束ないようですな。三遍も通ってようやくですよ」

やれやれと舞蔵が息をつき、ずっ、と音立てて茶をすする。

「お旗本ですら、その始末だからね。お志賀のもってきた話は、御家人なんだろ？」

「へい、二十俵ときいておりやす」

「そもそも公事宿なんて、縁遠い手合いじゃないか。まったく、無理が通れば道理引っ込むだね」

桐はぶつくさとこぼしながら、二つ目の鹿の子に手を伸ばす。

「でも、お志賀さんの嫁ぎ先も、決して豊かなお家ではありませんよね？　妹さまの一件のときは、どのように公事代を工面したのでしょう？」

ふとわいた疑問を、絵乃が口にする。

「啓五郎さまは、書の先生もしていてな。お役目があるから、弟子は多くはないそうだが、中にひとり裕福な商人がいる。そちらから、借りたそうだ」

椋郎がこたえると、傍らで、ふふ、と奈津が笑う。

「あのふたりの関わり合いは、おかしかったわね。妹さんのことで相手方に乗り込んだとき、お志賀さんは凜として、ことさらに姿が良かったのですって。啓五郎さまが、すっかり岡惚れしちまって」

「あたしらがいる前で、いきなり嫁に来てほしいと、お志賀に申し込んだんですよ。あれには腰が抜けそうになりましたね」

「啓五郎さまは学者肌ですから。生真面目が過ぎて、ちょいと変わっておりやすからね」

舞蔵に続き、椋郎もさもおかしそうにつけ加える。

「それで、お志賀さんが承知なすったと」

「あのはねっかえりが、そうやすやすと折れるものかい。身分違いを言い訳に、さんざん袖にし続けてさ」

「なのに啓五郎さまは諦めなくて、一年以上もここに通いなすったのよ。あれは見物だったわね」

桐と奈津の母娘《おやこ》が笑い合う。

「あちらさまの、粘り勝ちということですか？」

「いいや、あたしの見立てじゃ、お志賀も最初《はな》から同じ気持ちだったと思うね」

「あの人も、素直じゃないから」

「お志賀はもとより、嫁に行く気はないと言ってましたよ。公事の腕があるから、独り身で構わないと」

「三十路まで、それを通しちまいやしたしね」

四人がそれぞれ、憶測を語る。釣られるように、絵乃も言葉を継いだ。

「もしかしたら……お志賀さんは少しだけ、怖かったのかもしれませんね」

「怖いって、何が？」と奈津が不思議そうな顔を向ける。

「そんなに望まれて大事にされるなんて、みょうりに尽きますけど……若い頃と違って、用心が先に立ちます。相手の真心に、臆病になってしまいます」

富次郎に、一緒になろうと言われたときは舞い上がった。まだ十八で、裏切られる悲しみなぞ知らなかったからだ。けれど歳を経たいまならわかる。苦い経験は用心を生み、相手のもとへ踏み出す勇気も挫《くじ》かれてしまう。絵乃よりも年嵩の志賀ならいっそう、怖気づいてもおかしくはない。

「たしかにああ見えて、可愛らしいところもあったがね。あのお志賀のことだから、別の心算も、ありそうにも思うがね」

「心算てなあに、おっかさん？」

「武家が町家から嫁を迎えるとなると、身内や親類縁者に、必ず抗う者がいるはずだろ？　それでもご当主さまに一年以上も粘られちゃ、誰だって兜を脱ぐ。案外、お志賀は、それを待っていたんじゃないのかねえ」

番頭と手代と娘が、なくもないという顔をする。

「まあ、癖はあるけれど、お絵乃にとっては悪くない師匠だ。いいさ、行っておいで」

「はい！　ありがとうございます、女将さん」

数日後、絵乃は志賀に連れられて、作事方書役の家を訪ねた。

「若村世一郎《わかむらせいちろう》さまと仰って、組屋敷は本所にあるんだ」

着物の裾を押さえながら、吹きっさらしの両国橋を渡った。

十月も末にかかり、冬の川風は綿入れを刺すほどに冷たい。身を縮めながら、以前、椋郎からきいた話を思い出した。

「櫓木さまのお屋敷は、たしか本郷でしたね。身内同然のご朋友と伺いましたから、てっきりご近所かと」

「二年ほど、昌平坂学問所に通っていた折に、出会ったそうだよ」

どちらも書役に就いているだけあって、本が好きで書に秀でていた。だからこそ馬が合ったのだろう。互いに筆まめなだけに、しょっちゅう文《ふみ》をやりとりし、また、啓五郎が評定所勤めになって以来、職場も近くなった。作事方の詰所は、曲輪《くるわ》内の道三堀を挟んだ対岸にあった。

しかしこのところ、世一郎は目に見えてやつれてきた。

書物に読みふけり、夜更かしを重ねている——。最初はそう言い訳したが、先日とうとう白状した。

「妻と母の折り合いが、悪くなる一方で……去年まではお互い、多少の遠慮や気遣いがあったのだろうが……今年に入ってからは、目に見えて諍いが増えた。どちらも気性が強く譲ろうとせず、双方から延々と愚痴や文句をきかされる。家におると一時たりとも気が休まらず……好きな書物すら開く気にもなれなんだ」

世一郎の父はすでに他界し、嫁に行った姉がひとりいるだけだ。

武家というのに使用人のひとりもおらず、家族は妻と母の一家三人。そこで板挟みにされては、毎日が身を削られる思いだろう。

「あたしはお姑さまに仕えたことがありませんが、さぞかし気の張るものなのでしょうね」

「性《しょう》の合う嫁姑なんて、百にひとつと言ったところかね。うちがそのひとつで、助かったよ」

「お姑さまが、穏やかな方でよかったですね」

「もちろん、姑上《ははうえ》のお人柄も大きいけれど、そればかりじゃなくってね。うちの殿さまは変わり者で、これまではまわりがどんなに勧めても、縁談を受けようとはしなかったそうなの。寝食とお役目の他は、本に没頭していたい方だから。妻や子を得れば、本に費やす金も暇もなくなるでしょ。跡目は養子をとればいいとの一点張りでね」

たしかに、相当な変わり者だ。家の存続を何より尊ぶ武家においては、勝手が過ぎるとも言えようが、両親も呑気な性分で世間体にはさほどこだわらない。幼いころから息子を見てきただけに、半ば諦めてもいたようだ。

「だから嫁を迎えたいときかされたときには、まず耳を疑って、それから手をとり合って喜び合ったそうよ。もちろん親類の中には、町方から三十女を迎えることはなかろうと文句をつけた人も少なくないそうだけれど、せっかくその気になったのに、水をさしてくれるなと、親御さま自らが説き伏せてくだすって」

なるほど、とうなずきながら、ちらりと志賀を横目でながめた。

「いま、思ったでしょ。うちの殿さまは、いったいあたしのどこに、そんなに惚れたのかって」

「いえ、決してそんな……」

勘の良さには恐れ入る。どぎまぎしながら、慌てて視線を逸《そ》らした。志賀がどうこうではなく、女に縁のなかった啓五郎を、たちまち捉えたものが何だったのか、興味がわいたのだ。

「生まれて初めて、生身の女に会った……そう思えたのですって」

その笑顔がとても鮮やかで、思わず見惚《みと》れた。男勝りではあるものの、佇まいがすっきりとして、生きざまに逞《たくま》しさが感じられる。生きる力に満ちている。啓五郎が夢中になったのは、その眩《まぶ》しさかもしれない。

「たぶん、人の世の生臭さには、耐えられない方なんだ。色々な存念があって、それを隠したりぶつけ合ったり。そういうあたりまえに、いちいち傷つく者もいる。だから長いこと、書物に逃げていたんだろうね」

「お志賀さんなら、生身であっても生臭くない。そう思われたのでしょうね」

「だといいがね」

長い両国橋を渡り終え、川沿いを北に向かう。

「世一郎さまも、やっぱり似たところがありなさる。変わり者では、うちの殿さまに軍配が上がるけれど、人の世の悶着と向き合えないのは同じでね」

「殿方には案外多いと、女将さんからきいたことがあります」

「役目や仕事にもついてはまわるけれど、身内の生臭さは比じゃないからね。男連中は、見ないふりでやり過ごす。女はそのぶん泥を被らねばならない。そりゃ文句も出ようってもんだ」

公事師の娘であっただけに、数限りなくそういう男女を見てきたのだろう。達観めいた含蓄《がんちく》があり、何よりもそれが、夫には頼もしく映ったのかもしれない。家族や男女の生々しさを越えたところに志賀は立っている。あたしもいつか、そうなりたい——。亭主とのいざこざを、はねのけるだけの逞しさがほしい——。

半歩先を行く姿をながめながら、絵乃は切に願った。

「日本橋馬喰町から参りました、公事宿の狸穴屋でございます。私は手代役を務めております、絵乃と申します」

口上は絵乃が引き受けるが、筋立てを書き、これを仕込んだのは志賀である。

「公事とはまた、物騒な。いったい何事ですか？」

先に妻が応対に出て、声が届いたのか母親も姿を見せる。

「こちらさまのご当主、若村世一郎さまより、ご相談の旨を承りお訪ねいたしました」

「主人は出掛けております故、話の通る者がおりませぬ。できれば日を改めて……」

「存じております。ご当主さまはいま、櫓木啓五郎さまの屋敷にいらっしゃいます。こちらは櫓木さまの奥方で、お志賀さま。本日は立会人として、ご同行《どうぎょう》いただきました」

世一郎は、役目帰りに本郷の櫓木家へしばしば立ち寄る。志賀ともむろん顔馴染みだが、妻同士は顔を合わせたことがない。

妻の字名《うな》は、やや下ぶくれの輪郭で、その割には目に険がある。歳は絵乃と同じ、二十三ときいていた。母の六津《むつ》は、小さな団子を重ねたような小柄な人だが、色は浅黒く、口許は頑固そうに引き締まっている。

並べてみると、どちらも聞かぬ気が強そうで、なるほど手強いはずだと、世一郎の難儀が呑み込めた。

屋敷とは名ばかりの、かなり年季の入った平屋である。座敷が四つに勝手と物置で、建坪は三十坪ほどといったところか。さすがに敷地だけは広く、二百坪に届くだろう。その一角に家を建てて人に貸し、少ない役料の足しにしていた。

ふたりの荒れた手が、暮らしのつましさを物語る。

家来のひとりくらい置かねばならない立場だろうに、女中ひとり雇えず、家事の一切は妻と母が担っていた。櫓木家も大差はなく、小禄の御家人は、どこも似たようなものだときかされていた。

「世一郎さまは、母上さまと奥方さまの不仲を、ことさらに嘆いておられまして」

奥の八畳間に通されると、絵乃はそう切り出した。とたんに母と妻の顔が、険しくなる。

「この嫁が、いつまでたっても当家の家風に馴染もうとせぬ故……」

「竈《かまど》にくべる薪の数まで、いちいち指図をされてはたまりません！」

「何事も若村のしきたりと思うて、素直にきけば良いものを、この嫁ときたら口ごたえをせずにはいられぬのですよ」

「お姑《かあ》さまのやりようは、手間がかかり過ぎるのです。飯炊きも洗濯も私がこなしているのですから、余計な口出しは控えてくださいませ」

「余計とは、何という言い草ですか！　この家に嫁いだ上は、若村のやり方に従ってもらいます」

女中がひとりいれば、喧嘩も相応に目減りしたに違いない。ひとつの水場に女がふたり立つと、必ずこの手の悶着が起きる。どちらかが引くより他にないのだが、我の強さばかりは嫁姑でよく似ている。互いに譲らず、いまでは半ば意地になっているようだ。

「おふたりの申しようは、よくわかりました。不仲を改めるおつもりは、ないとのことですね？　では、ご当主さまからの言伝《ことづて》を、お伝えいたします」

できるだけ重々しく告げるよう、志賀から含められていた。

「世一郎さまは、離縁をなさりたいと申されております」

女ふたりの表情は、くっきりと明暗が分かれた。

母の顔はたちまち喜色にあふれたが、妻は青ざめて落胆を色濃くする。

「やはりこの家の家風に合わない嫁は帰すべきだと、世一郎殿も腹をお決めになられたのですね」

六津は小柄なからだが転がり出しそうなほど身を乗り出し、弾んだ声を隠そうともしない。しかしとなりに座す嫁も、易々とは引き下がらない。

「このような辱《はずかし》めを受けるなど……私の父が黙ってはおりませぬ！　実家《さと》に帰って、父に訴えまする」

「何かといえば、実家《さと》の威をもち出して……その高慢こそが憎らしいのです。世一郎殿も、さような性根を疎まれて、離縁をお望みになられたのでしょうね」

ふだんの絵乃なら、あわあわと止めに入るところだが、固く戒められている。できるだけ威厳を保ちながら、その場を制した。

「おふた方とも、お静かに！　まだ続きがございます」

少しは効き目があったのか、義理の母と娘が大人しく口をつぐむ。

「離縁なさるのは、お宇名さまばかりではございません」

「ばかりではないとは、どういうことです？」

たずねた六津に、向き直った。

「ご当主さまは、母上のお六津さまとも、縁を切りたいと申しておられます」

「何ですって！」

誇らしげだった顔から、すべてが剝がれ落ち茫然とする。

「まさか……世一郎殿が、そのような……この母を、捨てるというのですか！」

夫婦の縁は切れても、母子の縁は生涯続く。固く信じて、疑いすらしなかったはずだ。神仏よりも確かな母としての矜持《きょうじ》が、がらがらと崩れる音が、絵乃の耳にもきこえてきそうだ。かすかに震える小さなからだが、可哀想に思えてくる。

けれども血の縁をもたぬ妻には、胸のすく思いであったようだ。ようやく同じ土俵に立つことができた。そんな爽快に捉われたのか、姑《はは》にも容赦がない。

「妻との離縁はままありますが、親が離縁を申し立てられるなんて……世にもめずらしきお話ですね、お姑さま」

「私に、どこに行けというのです！　まさか四十年も前に離れた、実家《さと》に帰すおつもりですか」

「他に行く当てがないのなら、致し方ありませんでしょう」

すでに嫁の声すら、耳に入っていないようだ。絵乃と志賀にも構わず、音がしそうなほど歯を食いしばる。六津が対峙しているのは、過去だった。

「嫌です……あの家には帰りませぬ。継母と腹違いの弟妹ばかりで、私は邪険にあしらわれて。継母も家を継いだ兄も、すでに他界しましたが、いまの当主は末の弟です。すでに行き来も絶えて、この歳で敷居をまたげば、どんな顔をされることか。……あそこに帰るくらいなら、死んだ方がましです」

「お姑さま……」

嫁の字名が、初めて同情めいた視線を投げた。

「お六津さま、世一郎さまも、そこまで鬼ではありませんよ」

絵乃の背後に控えていた志賀が、やさしい声音で言った。

「母上さまには、どうぞこの家《や》に留まってくださいましと申されました。そのかわり世一郎さまは、二度と組屋敷には戻りませぬ。これをもって離縁を成すと、そのように」

「では、世一郎殿は、どこに？」

「息子さまの身は、櫓木家でお預かりいたします。主人とは近しい友故に、気兼ねも要りませぬ。客ではなく身内として遇しますので、この先、十年でも二十年でも暮らしていただいて構わぬと……当主の櫓木啓五郎から、さように申しつかっております」

わざとらしいほどにこやかに、志賀が告げる。

「では、私は……？」

一度はそれ見たことかという顔をしたが、双方が離縁されるという不測の事態に、にわかに不安が募ったようだ。宇名がか細い声できいてくる。妻には、絵乃が応じた。

「むろん奥方には、実家《さと》にお帰りいただきます。納得しがたい旨もありましょうが、双方離縁の断をもって、どうぞお恨み言を封じてくださいまし。お実家《さと》の父上さまにも、そのようにお伝えください」

ふたたび、ちらと義母を見遣り、宇名は深いため息をついた。

「私も、戻りとうはございません。しばしば父を引き合いに出しておりましたが……私はあの父が嫌いです。権に敏い上に俗っぽく、私をこちらに嫁がせたのも、上役の作事奉行さまからお話をいただいたからです」

畳とばかり向き合っていた六津が、首を傾け、そろりと嫁の顔を覗いた。

「禄の低い家に嫁ぐことには、腹が立ちました。何故、父のご機嫌とりに私が、道具のように使われるのかとやるせなく思いました……それでも、嫁いでよかったと思うことが、ひとつだけありました」

嫁が義母に顔を向け、ふたりの視線が初めて合った。

「世一郎さまと、添うたことです。本の虫で、冗談のひとつも言えぬのですが……私の父とはまるで違って、穢《けが》れのないお方です。そればかりは我が身の幸いだと、わかっておりましたのに……」

後悔を滲《にじ》ませるように、着物の前をきゅっと握る。

つい、台本にない言葉が、絵乃の唇からこぼれ出た。

「世一郎さまは、奥方の手が、何よりもお好きだったそうです」

「……え？」

嫁入りしたときは、美しい手をしていた。指が長くなめらかで、密かに見惚れていたと世一郎は吐露した。啓五郎と志賀の夫婦に付き添われ、狸穴屋を訪ねてきたときだ。

「それなのに、たった二年であかぎれだらけになってしまった。可哀想なことをしたと、悔やんでおられました」

「世一郎さまが、そのような……」

「奥方のためを思うなら、離縁する方がよかろうと。若いうちに、もっと格の高い家にふたたび縁付く方が、よほど幸せであろうと申しておられました」

喉の奥から声が漏れ、宇名が袖で顔を覆う。嗚咽《おえつ》だけが、色が褪《さ》め毛羽立った畳に吸い込まれてゆく。

じっと考え込んでいた母が顔を上げ、正面にいるふたりに問うた。

「どうしたら、世一郎殿は許してくれましょう？　この家にもう一度帰っていただくには、何をどのようにすればよろしいのか。後生ですから、どうぞ仲立ちをお願いできませぬか？」

「それは……母上さまと奥方さまが、誰よりもよくご存じのはずです」

「私たちが……？」

「どうぞよくお考えの上、まとまった後に、私どもの宿をお訪ねくださいまし」

「それまではご当主殿は、我が家で大事にお預かりいたします」

泣き崩れる嫁を座敷に残し、六津が戸口までふたりを見送った。

冬の木枯らしに半白の髪がほつれて、心細げに揺れる。

若い嫁とは違い、涙を見せなかった気丈な姿が、絵乃には何よりも哀れに映った。

「うまく、いくでしょうか？」

川沿いを行きながら、絵乃は案じるように来た道をふり返った。

「まあ、ひとまずは、落ち着くと思うがね。とはいっても、嫁姑は一筋縄ではいかない。そのうちまたぞろ、始めるかもしれないね」

「案外あのおふたりは、似た者同士かもしれませんね」

「またそういうのに限って、派手にやり合う羽目になる。世一郎さまの苦労も、しばらくは続きそうだね」

身内の悶着ほど、後を引くものはない。一瞬で解決するような手妻《てづま》や呪文はどこにもなく、双方の折り合いという形で、少しずつ埋めていくより他にないのだ。

「おふたりがともに、お実家《さと》を疎んじていたことも、お志賀さんはご存知だったのですか？」

「あたりまえだろ。その辺りは、椋に調べさせたんだ。すべて踏まえた上で、あの筋書きを立てたのさ」

「双方離縁ということですか」

「積もった恨みをいったん払うには、喧嘩両成敗が何よりに思えてね。知ってるかい？　乱世の頃は、喧嘩両成敗がちゃんと御法になっていたんだよ。徳川の御世になって、姿を消したそうだがね」

「それは、知りませんでした。今日の始末も見事でしたし、これからも色々と教えてくださいまし」

「そうだねえ……まずは女将さんの機嫌とりと、椋の使い方から指南しようかね。それさえ覚えれば、十年は安泰だよ」

冬の薄い青をまとった両国橋は、少し寒そうに身を縮めていた。

錦蔦

「どうにかして、息子を連れ戻してくださいまし」

四十に近い父親が、畳に手をついて懸命に訴える。

「修之介《しゅうのすけ》は、錦屋《にしきや》の大事な跡取り息子です。むざむざと蔦仙《つたせん》に、奪われるわけには参りません」

「離縁の折には、お子さまのことは相談なさらなかったのですか?」

女将の桐がたずねると、父親は力なく首を横にふる。

師走《しわす》三日。外では木枯らしが唸《うな》るように吠えていた。

公事宿の『狸穴屋』では、女将が表座敷で客と向かい合っていた。奥のひと間は、先約の客に塞がれて、そちらは手代の椋郎が応じている。

頼み人は、神田三島町の錦屋須兵衛《すへえ》。相手方は、妻の真佐《まさ》と、その実家の蔦仙である。

「ひとり息子ですから、跡取りは他におりません。妻にせよ実家《さと》の父にせよ、あたりまえに承知しているものと」

「三行半《みくだりはん》は、書かれたのですか？」

「はい……ですが、ありていの文言を並べただけの状で、子供についてはひと言も」

桐は奥座敷が空いてから、改めて話を聞くつもりでいたのだが、客は職人らしい性急さで話を切り出した。

番頭の舞蔵は、客の声などまるで聞こえないかのように、帳場で算盤を弾いている。公事宿の手代になって、まだふた月の絵乃も、客に茶を出すと自分の小机に戻った。

「離縁が成ったのは、三月《みつき》前と伺いましたが」

「さようです。家財の面では特に揉めることもなく、すんなりと事が運びまして」

「離縁の理由《わけ》は？　差し支えなければ、おきかせ願えませんか？」

「言ってみれば、家内不和合、ですかね」

家内不和合とは、離縁状にも時折見受けられる文句だ。当人同士の不和合よりむしろ、婚家の家族と嫁との折り合いが悪いときによく使われる。しかし須兵衛と真佐の場合は、夫婦間に不和があったようだ。

「互いに目に立つほどの粗相はなかったと、私は思います。ただ、性が合わないというか、何がしかのずれは、真佐が嫁いだ頃から感じてました」

申し出たのは妻の方からだが、日を置かずに夫も承諾したというから、互いに居心地の悪さを感じていたのだろう。どちらかに格別の難があるわけではなく、ただ物の見えようがずれていたり、心の向けようがちぐはぐだったり、どうにも反りの合わない夫婦はいるものだと、後になって桐はそのように説いた。

須兵衛の口調は、職人の伝法さとはほど遠い。ひと口に職人といっても、居職と出職ではまったく異なり、職種によっては芸術家に近いものもある。

錦屋は、九代続いた縫箔師《ぬいはくし》であった。縫は刺繡、箔は摺箔《すりはく》の意で、まず刺繡を施してから、金銀の箔を生地に捺《お》す。初代は京の生まれで、三代目の頃に江戸に出てきたという。

縫箔の歴史は古く、すでに飛鳥や奈良の時代から散見される。ただ当時は仏具がもっぱらで、布に刺繡で仏や浄土図などを表した、繡仏《しゅうぶつ》として寺院を彩った。平安以降は着物にも用いられるようになり、桃山時代には隆盛を極める。しかし江戸期になると、奢侈《しゃし》禁止令に阻まれて、衰退の一途を辿る。

「幸い錦屋には、長年のご贔屓《ひいき》さまがおりましてな。能装束を手掛けております」

武家の庇護を受けているだけに、能衣装は奢侈禁令の槍玉に挙げられることもない。とはいえ、地味になる一方の世相は反映されて、ひと昔前の絢爛《けんらん》で華美な衣装にくらべれば渋味を増してはいるものの、縫箔が欠かせぬ彩りであることには変わりがない。

「修之介は、幼い頃から手先が器用で、何よりも絵心があります。三年前からは、さる絵師の許に通わせ、その頃から屑糸《くずいと》や端切《はぎ》れを使って、縫の真似事なぞもしておりました。決して親の欲目ではなしに、息子は必ず縫箔師として大成します」

「息子さまは、おいくつになられたのですか？」

「十一歳です」

なるほど、と桐は受けて、少し考える顔をする。

「修之介を錦屋に返すよう、別れた妻の家に掛け合うていただきたいのです」

「わかりました、お引き受けいたします。ひとまず私どもから、先さまに申し入れてみましょう」

父親の肩にのしかかっていた心配事は、わずかながら軽くなったようだ。最前よりもいく分明るい顔で、錦屋須兵衛は帰っていった。

「子供は押しなべて、婚家に残るものと思っていました。男子ならなおさら」

錦屋が出ていってほどなく、奥から椋郎が出てきた。客を見送って、桐に仔細を告げる。絵乃は茶を淹れて、帳場にいる舞蔵とふたりの前に湯呑みを置いた。茶葉は安物の上に出涸《でが》らしだが、それでも茶が好きなだけ飲めるのは旅籠ならではだ。

「子をどちらが引きとるかは、夫婦が相談して決めるものでね。特に決まり事は定められちゃいないんだ」

「それでも男子は夫方、女子は妻方、ってのが慣《なら》いになっておりやすがね」

絵乃の疑問に、桐と椋郎がこたえる。

「そうとも言えないと思うがね。妻が男子を引きとることも、よくあるじゃないか」

「まあ、子供が小さいと、母親の手が要りやすから。そういや錦屋は、その辺はどうなんですかい？」

「ご主人のお母さまも達者ですし、女中も多いから女手の心配はいらないそうです」

「錦屋は、弟子や使用人を合わせると、二十人を超えるからね。まあ、十一歳なら、子守りも要らなかろうし」

今度は椋郎の問いに、絵乃と桐がこたえる。舞蔵だけは、無言で算盤を弾いていた。

「そういえば、息子さんの歳をきいたとき、女将さんは思案顔をなさっていましたね。何か気になることでもあるのですか？」

「十三、四になれば、子供当人の望みや考えもはっきりしてくる。でも、十一歳ではまだ幼い。悶着を収めるために、ひと役買ってもらうのは難しいなと思えてね」

「子供の先行きは、親が決めるもの。子の望みなど、二の次ではないのですか?」

子にとって親は絶対であり、子は親に従うべきだ。封建の世ではあたりまえとされ、徳川の御法もそれに則っている。たしかにそのとおりだと、桐はうなずいた。

「内済《ないさい》の勘所はどこにあるか、お絵乃にはわかるかい?」

「内済の勘所、ですか……?」

「互いに同じ力で綱を引き合っても、一寸《ちっと》も動きやしないだろ? 御法だけでは、そういう始末に陥ることがままある」

「何だか、大岡《おおおか》裁きのようですね」

取り合っているのが子供だけに、ついその逸話を思い出した。

町奉行の大岡忠相《ただすけ》の逸話を載せた「大岡政談」には、子争いの段がある。自分こそが子の親だと主張するふたりの母親に、子供の手を力いっぱい引っぱるようにと大岡は命じた。その力の強さこそが、子供を思う気持ちの強さだと煽《あお》り立てたが、結果、痛がる子供を見ておられず、手を離した母親こそが、本当の親だと大岡は判じた。

子争いの顚末に辿り着いたとき、ほろりと剝がれるようにその言葉が落ちてきた。

「もしかして……情、ですか？」

子を思う親の気持ち、親を慕う子の気持ちこそが、膠着《こうちゃく》を和《やわ》らげ内済を導くための勘所となり得る――。行き着いたこたえは、外れてはいなかったようだ。桐はにっと笑って、満足そうにうなずいた。

「逆に言えば、情が絡むからこそ、悶着が起きるとも言えやすがね」

と、椋郎は皮肉な笑みを刻む。

「たしかに、それも真理《まこと》さね。法では括《くく》りようのない情を、双方に按配《あんばい》よく収めてもらう。公事の本分は、そこにある」

「内済の勘所も同じ、ということですね」

夫婦双方が子供を得んと争っている錦屋の一件は、大岡政談の子争いとよく似ている。どちらも譲らぬのなら、泣き出す我が子を見て、どちらかが手を離すより他に収まりようがなかろう。

「いっそ、当の息子さんにたずねてみては？」

「息子が母親についていったのなら、それが息子のこたえじゃねえのかい？」

「それもそうですね……」

「狸穴屋《うち》にとっては、少々、分が悪いかもしれやせんね、女将さん」

「いよいよとなれば、公事にするしかなかろうね」

帰り際、桐は錦屋に、その意向を確かめていた。

「もしも内済せぬ場合は、公事を起こされますか？」

公事を起こすとなれば、並々ならぬ覚悟が必要となる。呼び出しを受けるたびに、名主や大家が同伴の上で、奉行所に通わねばならない。手間も金子《きんす》も嵩み、落着までに何年かかるかもわからない。そのあいだに子は成長し、何よりも、たかが離縁にそうまで騒いでは、世間体も悪かろう。錦屋の暖簾に傷がつく羽目になりかねない。離れている時間が長くなれば、父と息子の間柄も希薄になる。仮に公事の結果、子をとり返しても、親子の溝は埋まらない恐れもある。その覚悟はあるのかと、あえて桐は須兵衛に質《ただ》した。

「構いません……それでも私は、修之介を跡継ぎにしたい。あの子の才は本物です」

桐の目を正面から捉えて、須兵衛はしかと応じた。

「とりあえず、明日にでもあたしが出向いて、先さまに申し出てくるよ。お絵乃も来るかい？」

「はい、ぜひご一緒させてください」

翌日、桐と絵乃は、芝口南にある宇田川町《うだがわちょう》に向かった。

蔦仙は、思った以上に構えの大きな店であった。錦屋の所帯も二十人を超えるというが、同等かあるいはそれ以上かもしれない。

屋号に因んでいるのだろう、まわされた塀は蔦に覆われていたが、真冬のいまは葉をつけていなかった。

蔦仙は、截金師《きりかねし》。やはり商家ではなく職人稼業である。

「お待たせしました。蔦仙が主《あるじ》、雉右衛門《きじえもん》にございます」

「娘の真佐にございます」

親子の佇まいも、落ち着いていて品がある。雉右衛門は来年還暦を迎えるそうだが、艶のいい禿頭はかえって達者が際立つ。娘の真佐も浮ついた風情がなく、公事師という気の張る客を前にしても動じるようすは見せなかった。

「截金師というのは、どのような？　本筋に入る前に、お教えいただければと」

「わかりました、お見せしましょう。お真佐、昨日仕上げたひと品をここへ」

娘がうなずいて中座する。やがて長方形の箱を抱えて戻ってきた。主人が慎重に蓋を開ける。中には厚ぼったい布が敷かれ、その上に横たえられているのは一尺ほどの仏像であった。その美しさに、客のふたりが息を呑む。

「この金の模様が、截金なのですか？」

「さようです。紙よりも薄い金箔を、髪の毛よりも細く截《き》りまして、一本一本貼りつけていくのです」

「この金線は、筆で描いたものではないのですか？　とても信じられません」

決して大げさではなく、本当に髪の毛よりも細い。その線が、精密な麻の葉や波模様を描き、仏の衣を彩っている。

材には銀や白金も使われるが、最も多いのは金箔である。一枚では破れやすい金箔を数枚、炭火で炙《あぶ》って貼り合わせる。これだけでもたいへんな熟練を要するという。千代紙様の金箔を、箔切竹《はくきりたけ》という竹の刀で細く截り、筆二本を用いて貼りつけてゆく。指はもちろん、先の細い毛抜きですらも、つまめば金線が崩れてしまうからだ。聞いているだけで緊張を覚えるほどに、緻密な作業の連続だ。

「金を貼りつけて、こうまで密な模様を形造るなんて。こうしてお話を伺っても、信じられない心地がいたしますね」

思わず絵乃が大きく息を吐くと、雉右衛門は軽く笑った。

「そのようなため息は、仕事中は許されません。息のひと吹きで、金が舞ってしまいますから。もっとも禁じているのは、くさめですがね」

「まさか息を止めて、お仕事を？」

「さすがにすっかり止めては、それこそお陀仏ですから。仮にも仏師《ぶっし》が往生しては、洒落になりますまいて」

雉右衛門の冗談が女たちの笑いを誘い、いっとき座が和んだ。

「いま、仏師と仰いましたが……截金は仏像に限られるのですか？」と、桐が問うた。

「はい、仏像と仏画に限られます。なにせ金銀は、いわばご禁制の品ですから。昨今はより手軽な金泥《きんでい》で描くものも多くなりまして。本願寺の庇護がなければ、とても成り立ちません」

縫箔が能楽に支えられているのと同様に、截金を守っているのは東西の本願寺であった。しかし注文主が限られると、自ずと決まった文様が多くなる。

「蔦仙は、私で十二代を数えますが、六代前に京より江戸に移ってからは、文様は増えてはおりません。このままでは、いつか廃《すた》れてしまうのではないかと、その危うさは絶えず抱えておりました」

雉右衛門は、苦しい胸の裡《うち》をそう明かした。縫箔も截金も、同じ立場に置かれている。市井で自由に商いが叶うなら、いくらでも伸び代があったろう。しかし奢侈禁止令に阻まれて、外へ続く道を塞がれた。いまは狭い池の中で、武家や寺社に飼われているに等しい。

「ですが、修之介なら……あの子ならきっと、蔦仙に新たな風を入れてくれる。修之介の才は、本物です！」

奇《く》しくも、錦屋須兵衛とまったく同じ言葉を、雉右衛門は口にした。

そのとき、庭の方で何かが動いた。絵乃は目の端でとらえ、雪見《ゆきみ》障子《しょうじ》越しに庭を見遣る。

冬にもかかわらず見事な花をつけた山茶花《さざんか》の陰に、子供の姿があった。絵乃と目が合うと、慌てて頭を引っ込める。つい口許がほころんだ。

「こちらさまには、他には跡継ぎはおられないのですか？」

絵乃より他は、子供の存在には気づいていないようだ。桐が話を進める。

「弟子のひとりを十三代に据えるつもりでいましたが、二年前に病で身罷《みまか》りましてな。他の弟子ではとても、蔦仙の暖簾は背負いきれますまい」

たとえ実子がいても、技が勝れば弟子に継がせる。手技が命の職人稼業では、むしろよくあることだ。実の孫という血の繋がりよりも、宝玉《ほうぎょく》に等しい才が眩しくてならないようだ。

「お孫さまはまだ、截金の修業はされておられぬはず。なのに見極めがつくのですか?」

「手先の器用もありますが、何よりも絵心が大事です。箔貼《はくはり》は下書きをせず、感じるままに描くものですから。修之介の絵は、大人を凌ぐ出来栄えです。物の形をただ捉えるのではなしに、一瞬で人の心を引きつける何かがある。線の引きようから面の仕立てまで、工夫と風合いに満ちておるのです」

父親と同様に、熱っぽく語る。職人とはいえ芸術性の高い職種なだけに、それだけ孫の才を正確に量ることができるのだろう。

「こちらさまのお考えは、よくわかりました。ただ、先さまもやはり、修之介さまをぜひとも跡継ぎにしたいと申しております」

「そうでしょうな……皮肉な話ですが、錦屋さんのお気持ちは、誰よりもよくわかります」

雉右衛門が、憂い顔で黙り込む。その横で真佐は、悲しそうにうなだれた。

「すみません……私が勝手な真似をしたばかりに、このような面倒を招いてしまいました」

「お真佐さまも、やはり同じお考えですか?」

「少し、違います。跡継ぎのことは、正直を申せば二の次です。私はただ、息子と離れがたくて……」

「私も子の母ですから、お気持ちはお察しします」

桐は心をこめて、深くうなずいた。

「あの子はまだ十一です。せめて前髪がとれるまで、あと三、四年だけでも、あの子の傍にいてやりたくて」

須兵衛との離縁は、ある意味、円満に成った。修之介を錦屋に残していくことも、承知していた。けれども、いざ婚家を出るときになって、どうにも別れが辛くなった。

「母とともに来てはもらえぬかと、修之介にたずねました。あの子は素直に、参ります、とこたえてくれたので……」

顔を伏せ、涙ぐむ。その姿には、母の情だけがあふれていた。

どちらが悪いわけでもなく、ただ家の命運を修之介に託したいと望んでいる。

これは確かに、同じ力加減で綱引きをするに等しい。引いているのが綱ではなく子供である以上、どちらかが手を離すより他に解決のしようがない。

桐はどうやって、落着させるつもりなのか？

狸穴屋の客が錦屋である以上、蔦仙に手を引いてもらわねばならないが、いまの絵乃には何も浮かばない。ふう、と思わず、ため息をついた。

「お疲れになりましたでしょう。お茶を淹れなおしますので、一服なさってくださいまし」

「あ、いえ、そういうわけでは……ご無礼をいたしました」

赤面する絵乃に微笑して、真佐は手ずから客に出した茶碗を片付ける。主人と桐は、この先の段取りを相談しはじめ、そのときふと、庭にいる子供の姿が絵乃の目にとまった。

「すみません、お手水《ちょうず》をお借りしてよろしいですか？」

「もちろん、構いませんよ。そちらの縁を右に行って……案内した方がよろしいですね」

「いえ、それにはおよびません。場所さえおきかせいただければ」

真佐に教えられたとおり、庭に面した縁を右に進み、いちばん奥まった場所に手水鉢と厠《かわや》を見つけた。しかし絵乃は厠には入ることなく、その手前で足を止めた。沓脱《くつぬぎ》石《いし》の上にあった下駄を拝借し、庭に下りる。少し遠回りになるが、塀に近いところを歩く。庭木にさえぎられ、母屋からは見えないはずだ。

さっきの座敷に近いところに、子供の姿があった。足許から塀の内を這って外へと伸びる蔦を、所在なげにながめている。

「坊ちゃん、修之介坊ちゃん」

小さな声で呼ぶと、子供がふり返った。びっくりした顔で、絵乃を見詰める。

「すみません、驚かして。ちょっと、お庭を拝見させていただこうと」

絵乃につられたように、子供は笑顔を見せた。

「それにしても、見事な蔦ですね。葉が繁ったら、さぞかし青々として涼しげでしょうに」

「夏の青も良いけれど、この蔦は秋がいっとう見事なんだ。葉が真っ赤に染まって、まるで夕日を集めて垂らしたように美しいんだ」

輝く瞳の中に、赤い蔦の葉が映っているかのようだ。父と祖父が高く評した、この子の感性はたしかに本物かもしれない。

「いまは裸ん坊だけど、秋にもういっぺん見てほしいな……あ、そうだ！　絵ならあるよ。見たい？」

「ええ、ぜひ！　坊ちゃまが、描いたのですか？」

「坊ちゃまはやめてよ、もう子供じゃないんだから」

不満そうに口を尖らせると、かえって幼く見えて愛らしい。賢そうな目鼻立ちは母譲りだが、目許の柔らかさは父に似ていた。

「では、修之介さんで。あたしは絵乃と申します。絵図の絵に、乃と書きます」

「とても良い名だね！　私も、絵が大好きなんだ」

絵乃の手を引っ張るようにして、さっきの厠の方角にゆく。厠の先で縁は折れていて、その先が修之介の自室のようだ。部屋に入るなり、絵乃は目を見張った。

畳一面に、大小の絵が敷き詰められていた。鮮やかな牡丹《ぼたん》や可憐な山百合、可愛らしい雀に、どこか剽軽《ひょうけい》な蛙、靄《もや》のたなびく春の山々と森閑《しんかん》とした冬の風景。墨一色で描かれたものも、色を差したものもある。

「これをすべて、修之介さんが……？」

「そうだよ。ええっと、赤い蔦はどこにあったかな……」

物の形を、ただ模したわけではない。むしろ簡素な線なのに、雀の羽毛の風合いや蛙の剽げた風情までが、目ではなく心に直《じか》に響くようだ。

錦屋と蔦仙が、垂涎《すいぜん》するのも道理だ。とても十歳そこそこの子供の絵とは思えない。縫箔師と截金師。両方の血が掛け合わさって、天賦の才をもつ修之介が生まれたのだ。

「あった！　これが錦蔦《にしきづた》の姿だよ」

「錦蔦……？」

「錦色の蔦だから、錦蔦。秋に紅葉して冬に葉を落とす蔦をそう呼ぶって、母さんが教えてくれたんだ」

艶やかな赤なのに、枝の垂れ具合や葉の一端に差した夕日色が、秋の寂しさをも感じさせる。つい、しみじみとした調子がこぼれた。

「でしたら、この錦蔦は修之介さんですね」

「え、私……？」

「錦屋と蔦仙、双方に繋がりますでしょ？」

「そうか、錦蔦は私か……」

ひどく神妙な顔つきで、しばし絵乃とともに赤い蔦の葉をながめる。

「父さんは、どうしてる？　私がいなくなって、やっぱり気落ちしてる？」

「修之介さん……」

「父さんのお使いで来たのでしょ？　お絵乃さんと一緒にいた人が、おじいさまに、そう挨拶していたから」

「それで気になって、お庭から覗いていたんですか？」

うん、と素直にうなずく。父親を案じる気持ちが、そのまま表れていた。

「お父さんを、嫌ってらしたわけではないのですね？」

「まさか！　父さんのことも、大好きだよ。でも、父さんは男だから、寂しくても我慢できるかなって。母さんは女だから、すぐ泣いてしまうだろ？」

「お母さんがお寂しくないようにと、修之介さんは蔦仙についてきたのですね？」

うん、とふたたび首をふる。子供らしい優しい気持ちが、胸に温かく届いた。

「ひとつ、伺ってもよろしいですか？　修之介さんは、絵がお好きなのでしょ？　やはり大きくなったら、絵師になりたいのですか？」

「うん、できれば絵師になりたい。でも、縫箔師や截金師も面白そうだなって」

「面白いとは、どのあたりが？」

「縫箔師は、紙の代わりに着物に描くでしょ？　さまざまな色を組み合わせて、花鳥風月だけでなく、物語絵だって描くことができるんだ。截金は金一色だけど、こちらは線の妙が試される。知ってる？　麻の葉みたいな真っ直ぐな線よりも、波のような曲り線は箔貼がとても難しいんだって。波だけじゃなく、雲とか風とかを文様にしたら面白そうだと思わない？」

相槌《あいづち》を打つだけに留め、眩しいばかりの子供の笑顔を、絵乃はただながめていた。

「あの坊ちゃんに、どちらかをえらべだなんて、とても言えませんでした。両親《ふたおや》のどちらを取るかと、子供に質すのと同じくらい酷なことです」

蔦仙からの帰り道、修之介とのやりとりを桐に語った。

「修之介さんは、ただお母さんの寂しさを慮って、蔦仙についてきたんです。それを公事で、御法で片付けるなんて、何だかとても罪深い気がします」

「公事ってのは、そういうもんさ。内済では片付かない、情やら思いやら恨みやら無念やらを、無理にでも収めるためにあるんだよ」

「公事は思いのほか、せちがらいものですねえ」

新橋の上でついた絵乃のため息に、カラスが相の手を入れた。


「おっかさん、遅い！　間に合わないんじゃないかって、ハラハラしたわ」

狸穴屋に帰り着くなり、奈津が奥から顔を出した。

掃除や泊まり客の世話などをこなしているだけに、日頃は女中と変わらぬ身なりなのだが、いつになくめかし込んでいる。

「お奈津さんは、これからお出掛け？　その梔子《くちなし》色の着物、とっても似合うわね」

「ふふ、ありがとう、お絵乃さん。今日はおっかさんと、池之端《いけのはた》の料理屋に……いやだ、おっかさん、もしかして忘れていたの？」

一瞬きょとんとしてから、ああ、と思い出したように声をあげる。

「たしか、樫蔵《かしぞう》の店を新しく普請した、その祝いだったかね？」

「樫兄さんじゃなく、雪《ゆき》兄さんよ。本当におっかさんときたら、公事以外のことは、からきし覚えちゃいないんだから」

「そう、ぷりぷりしなさんな。着物は替えずともよさそうだし、すぐに出掛けられるよ」

「紅が少し剝げているから、直してちょうだいね」

「いちいち、うるさい娘だねえ」

文句を言いながらも、化粧直しのために奥へと引っ込む。

「女将さんには、息子さんがいらしたんですねえ……しかもふたりも」

「あら、お絵乃さんは知らなかった？　ちなみに兄弟はふたりではなく四人よ。上に三人と下に弟がひとり」

「えっ、そんなに？　じゃあ、五人兄妹ですか？」

「七度縁付いたのだから、七人は欲しかったって、おっかさんは不満みたいよ」

桐が縁組と離縁を七回くり返したことは、絵乃もきいていたが、てっきり子供は娘の奈津だけだと思っていた。

「男の子だったし、嫁いだ家にも望まれて、兄さんたちと弟は父方に残ったのよ。ちなみに、五人ともに父親が違うのよ」

と、からりとした口調で奈津がつけ加える。弟はまだ十三だが、三人の兄たちは親の家業を継いだり独り立ちしたりと、それぞれ立派に暮らしを立てているという。

まもなく桐が仕度を済ませ、連れ立って出掛ける親子を舞蔵とともに見送った。

「ああいう姿を見ると、ほっとするよ。女将さんには、店のために無理を通させちまったからね」

「無理って……何ですか、舞蔵さん？」

「三人目のご亭主に縁付いたときにね、女将さんも迷ったんだよ。狸穴屋を出て、ご亭主の商売を手伝おうかってね。女将さんも、まだ若かったからね」

狸穴屋の先代は、桐の二人目の夫の父親である。跡継ぎだった息子は蘭学好きが昂じて長崎に行ってしまい、図らずも嫁の桐が店を任された。

「でも、女将さんは狸穴屋に残られたんですね」

「ちょうどそのころ、先代がからだを壊してね。当時の番頭や手代が、打ちそろって女将さんを引き止めた。手代のひとりってのが、あたしでね」

申し訳なさげな表情で、舞蔵は昔をふり返る。ふと、素朴な疑問がわいた。

「その番頭さんや舞蔵さんが、主人に収まろうとは思わなかったんですか？」

「公事師ってのはね、意気地がなけりゃ務まらない。言ってみれば、大人の喧嘩の仲裁役だからね。お役人にへいこらしているだけじゃ、収まりようがない。先代は、そこを見込んだのさ。あたしなんて、最初からなりたいとも思わなかった」

番頭や他の手代たちも同様で、なるほど、と絵乃がいたく納得する。

「おかげで狸穴屋の暖簾は絶えずに済んだが、女将さんが何度も離縁をくり返したのも、この店を背負っているためかとも思えてね」

往々にして、女房の稼ぎがいいと、亭主はやきもちを焼く。夫婦別れの因《もと》となるには十分な理由だと、多くの離縁を見てきた舞蔵が語ると含蓄がある。

「むろん女将さんは、そんなことは一言も口になさらないがね。あたしは未だに、すまなく思えるときがある。せめて長く奉公するくらいしか、恩の返しようがなくってね」

何事もてきぱきと割り切って、事を進める番頭だ。半ば詫びの気持ちで仕えているとは、思いもしなかった。

「誰の中にも、物思いはあるのですね……」

「いや、そんな大げさなものじゃない。女将さんが子供と睦《むつ》まじいと、こっちも安堵できると、ただそれだけの話さね」

いささか照れくさそうに話を納め、その折に椋郎が出先から戻ってきた。舞蔵はまた帳場に戻り、何事もなかったような顔で算盤を弾きはじめた。

「そうか、女将さんと奈津ちゃんは出掛けたのか」

「五人もお子さんがいるなんて、思いもしませんでした」

「あれ、言ってなかったかい？　まあ、あの女将さんらしいだろ？」

「それでも子供を手放すのは、やっぱり忍びなかったでしょうね……」

昼間の真佐の顔が浮かび、憂い交じりのため息をつく。

「子供を可愛がってくれそうな男ばかりを選んだって、女将さんは強がっちゃいたがね。奈津ちゃんだけは、まだ乳飲み子で女の子だったから引きとったんだよ」

「そうでしたか……」

「それでも、あの兄妹は仲がよくてね。今日みたいに、何かと口実を設けては、料理屋に集まったり互いの家を行き来したりしている」

「これも女将さんの人徳ですね」

「人徳というか、薄情けというか……良くも悪くもな」

「女将さんは、薄情な方じゃありません。さっきだって……」

帳場に首をふり向けると、よけいな口は利くなというように舞蔵がちらりと睨む。

「いや、薄情ってのはそういうことでなく、誰の中にも物思いはあってだな……」

偶然にも、絵乃が言った同じ言葉を椋郎が口にする。

「物思いやら情やらを、外に向かって吐き出すか、内に溜め込んで素知らぬふりをするか、その違いってことだ」

ああ、と、今度は絵乃も得心がいく。

「この仕事をしていると殊《こと》に思うんだが、情の濃い者に限って、離縁で揉める。情が濃いってのは、そいつを他人にぶつけることだ。もって行き場のなくなった情を恨み辛みに変えて、ふりまわしちまうんだろうな」

自分もまた、そのひとりなのだろうか――。椋郎の話をききながら、そんな思いに囚われた。夫の富次郎に愛想を尽かしながら、未だに別れ切れずにいるのは、情という名の執着《しゅうじゃく》故だろうか――。

いや、これはたぶん、あの人の血だ――。

その面影《おもかげ》が、目蓋《まぶた》の裏をよぎったとき、まるで同じ姿が見えたかのように椋郎が言った。

「そういや、お絵乃さんのおっかさんは、早くに亡くなったんだよな？」

「あれ、違ったかい？　何かそうきいたような……いや、よく考えると、亡くなったとは言ってねえような気も……」

「……え？」

「母は、死にました」

はっきりと、そう告げた。口調と硬い表情で何がしか察したのか、椋郎が黙り込む。

妙な間があいてしまったが、折よく勝手から花爺が顔を覗かせた。

「葛湯《くずゆ》をこさえたんだが、飲むかい？」

「あ、ああ、温《あった》まるには何よりだ。頼むよ、花爺」

気遣わしげな視線が逸れて、絵乃はほっと息をついた。

「ほれ、砂糖と生姜を奢《おご》ったからな、旨いぞ」

花爺から、湯気の立つ茶碗を受けとった。

甘くとろりとした湯が喉を通ると、生姜の辛さがわずかに舌に残った。


五日ほど後、女将と絵乃は、ふたたび芝口南の蔦仙を訪ねた。

今回は、もうひとり連れがいる。

「本日はお集まりいただきまして、恐縮至極に存じます」

桐が三人を前に、口上を述べて辞儀をする。公事宿のふたりに同行してきたのは、錦屋須兵衛であった。縁を背にして蔦仙の雉右衛門と真佐、向かい合わせに須兵衛が少々居心地が悪そうに膝をそろえる。桐と絵乃は、下座に控えた。

「皆さまご承知おきのとおり、私どもは錦屋須兵衛さまより息子さまの件で相談を承り、先日こちらにお邪魔しまして、蔦仙雉右衛門さま並びにお真佐さまよりお話を伺いました。ですが、修之介さまへの思い入れは、家業と親の情、どちらを並べてもまったく遜色なく、引き比べようなしと判ずるに至りました」

桐は畳に手をついて、伏し目がちに語る。

「つきましては……」

「やはり、公事ですか……？」

桐をさえぎったのは、須兵衛だった。男子であり、家業を継がせるという名目も立つ。公事となれば有利であろうに、面持ちは不安気で顔色は青ざめている。たぶん、修之介当人に拒まれることも恐ろしく、また公事という大人の諍いに子供を巻き込むことの負い目もあるのだろう。雉右衛門は腕を組み黙したままだが、母親の真佐も、いまにも泣き出しそうに唇を歪《ゆが》めた。

「いえ、その前にひとつ、私どもの思案をきいていただけまいかと」

「思案、と言いますと?」雉右衛門がたずねた。

桐の目配せで、絵乃がうなずく。傍らに丸めてあった、一枚の絵を三人の前に広げた。

鮮やかな赤い葉が、紙からこぼれんほどに繋っている。

「これは……修之介の筆ですね?」

「さようです、お真佐さま。何を描いたものか、おわかりになりますか?」

「うちの塀に這わせた、蔦でございましょ? 秋らしい良い色です」

絵を掲げた絵乃に向かって、真佐は嬉しそうに微笑んだ。

「錦蔦というそうですね。修之介さまから伺いました」

「ええ、年中青い蔦もありますが、これは秋に紅葉し、冬には葉が落ちます。故に錦の名がついたのでしょうね」

「錦屋の錦と、蔦仙の蔦を合わせると、錦蔦。この絵と同じように、両家にもう一度歩み寄ってはいただけまいかと」

「……私にもう一度、錦屋に戻れということですか?」

真佐がにわかに怯む。その先は、絵乃に代わって桐が続けた。

「いいえ、一度成った離縁です。元に復せとは申しません。親がふたりに対し、息子さまはおひとり。ですから息子さまを、折半していただけまいかと」

「修之介を半分に、ということですか？　わけがわかりません」

今度は須兵衛が気色《けしき》ばむ。

「半分にするのは、もちろん息子さまご自身ではありません。修之介さまの先々です」

三人が、そろって狐につままれたように、顔を見合わせる。

「あの子の先々とは、どういうことですかな？」

「ひと言で言えば、痛み分けと申すべきかと。ここにおります手代が、先日、息子さまから存念を伺いました。お絵乃、修之介さまはどのように？」

はい、とうなずいて、子供の言いようを大人たちに披露した。

『本当はね、縫箔も截金も、どちらもやってみたいんだ。でも、修業だけで十年も二十年もかかるから、ひとつしか選べないでしょ？　あーあ、からだがふたつあればいいのになあ』

子供らしく夢見がちな理想であり、まるで現実味がない。その分、先の明るさに満ちていて、桐はそこに、ひとつの真理と勝機を見出したのだ。

「縫箔にも截金にも、息子さまは興を示しています。一方で、修業の長さ故に両方を兼ねることができないと」

「あたりまえです。並の職人ですら十年はかかりますが、箔切に至るには倍は要しましょう。縫箔もまた、同じでしょうが」

気を害した風に、雉右衛門がむっつりと告げて、須兵衛もこれには首肯する。

「でしたら、修業をさせずに、縫箔と截金に関わればよろしいのでは?」

「何を言わんとしているのか、ますますわかりませんが」

困惑気味に、須兵衛が訴えた。

「高く買っていらっしゃるのは、息子さまの絵心であって、職人としての手捌きではないはず。ならば絵の才だけを存分に伸ばしてさしあげれば、ゆくゆくは縫箔と截金、どちらの工夫にも通じるのではありませんか?」

あまりのことに、三人がぽかんと口を開ける。

「つまり……職人ではなく絵師にせよと、そういうことですか?」

「いや、あり得ぬだろうて。箔切竹すら使えぬ者に、蔦仙の主人を名乗らせるわけにはいくまい」

「うちとて同じです。鎖繍《くさりぬい》も相良繍《さがらぬい》もできぬようでは、他の職人たちに示しがつきません」

須兵衛と雉右衛門が、息を合わせて抗議する。桐は動じることなく、鮮やかに返した。

「はい、ですから、跡継ぎとして据えることは諦めていただきます。あくまで細工の意匠を思案する、抱え絵師といったところでしょうか」

父と祖父が、目をしばたたかせながら啞然とする。

「どちらも跡継ぎに出来ぬ以上、痛み分けとなりましょう。ですがそのかわりに、どちらの家業にも携わることがかないます。この思案、如何《いかが》でございましょうか？」

しばし黙り込んだ後、最初に口を開いたのは真佐だった。

「私、良いと思います……修之介の望みは、絵師になることですから。きっとあの子にとっても喜ばしいはずです」

「いや、しかし、さすがに截金のいろはも知らぬようでは、意匠を生むにも障りがあろうて」

「そうでございましょうね」

あっさりと桐が応じて、さらに策を授ける。

年が明ければ、修之介は十二歳になる。向こう三年ないし四年は、まだ小さいこともあり、母親とともに蔦仙に暮らしながら、祖父から截金を学ぶ。十五を過ぎれば前髪もとれて大人に近づく。それから錦屋に移り、同じ年数のあいだ、父に縫箔を教わる。

「いくら才にあふれていらしても、いかんせんまだお小さい。絵師として身を立てるのは、親御さまとして不安もございましょう。意匠を凝らす上での懐刀となされば、両家の先々も修之介さまの未来《さきざき》も、ともに安泰にございます」

「しかしそうなると、当家の跡継ぎは、いったい誰に……？」

「相すみません。そこまでは私どもにもわかりかねます。お弟子さまを据えるなり養子を迎えるなり、好きにお運びくださいませ」

まことにこの女将らしく、最後はぞんざいに放り投げる。

「あくまで私どもよりの一案にございますから、よくよくお考えいただきまして、もしも能《あた》わずとなりましたら、錦屋さまより公事の訴えを起こします」

「わかりました。修之介の存念も確かめた上で、また改めて伺います」

須兵衛がそのように応じ、桐と絵乃は神妙に頭を下げた。

修之介の存念なら、実はすでに確かめてある。

ちらりと縁の側に首をふり向けると、雪見障子の下から子供の両目が覗いていた。

――大丈夫、首尾よくいきましたよ。

こっそりと微笑を投げると、覗いた両目が、嬉しそうに三日月形に垂れ下がった。

「へえ、それじゃあ、錦屋も蔦仙も、女将さんの思案を呑んだのか」

師走も半ばを迎え、日本橋界隈《かいわい》は、いつも以上に活気に満ちている。

椋郎と絵乃は、別件の依頼のために、小網町《こあみちよう》の網元を訪ねた帰途にあった。

「思案の元種は、お絵乃さんが仕入れたんだろ？　いい働きをしなすったな」

「あたしは息子さんの話を、伝えただけだもの。妙案を思いついたのは女将さんよ。でも、いまさらだけれど、公事にもち込んだ方が、狸穴屋の実入りのためには良かったんじゃ？」

「いやあ、そうとも言えねえさ。御法に頼れば、お役人を巻き込むことになる。役人が入ると、手間はぐんと煩わしくなるからな。手間賃を弾くと、場合によっちゃ足が出る。内済で済むなら、それに越したことはねえのさ」

そういうものか、と相槌を返そうとしたとき、その姿に目が吸いついた。

堀の向こう側に、ひとりの女が物憂《ものう》げに立っていた。

思案橋《しあんばし》からほど近い、堀端の柳の木に背を預けて、煙草の煙を吐いていた。視線はぼんやりと、濁った水面に向けられている。

粗末ながら派手な装いで、ほつれ髪が川風に揺れる。

堀の向こう岸、たぶん堀江町辺りの酌婦《しゃくふ》だと、ひと目でわかる。

その割には化粧気がなく、だからこそ気づいた。我知らず、呟いていた。

「おっかさん……？」

「え？　いま、何て……」

椋郎の正直そうな目と出合ったとたん、現実に引き戻された心地がした。堀とは反対の方角に、足が勝手に走り出した。

「おい、お絵乃さん！」

椋郎の声を背中にききながら、思案橋が遠ざかる。

思案橋

師走は字のとおりに、慌《あわただ》しく過ぎてゆく。

ただ、あの日以来、絵乃の胸の中は、年の瀬の街中よりも落ち着きがなく、まるで大勢の絵乃が、意味もなく行ったり来たりをくり返しているかのようだ。

気を抜くと、あの景色がふいと浮かんでくる。

日本橋小網町の思案橋。堀端の柳の木にもたれ、物憂げに一服する女——。

別れたのは十二のとき。すでに十一年は経っている。

それでも、すぐにわかった。噂はあったが、やはり江戸に来ていたのか。

父が知ったら、どんな顔をしたろう？ 喜ぶ姿しか思い描けず、それが癪《しゃく》に障って仕方がない。

——お絵乃はやっぱり、母さんに似ているのかもしれんな。

父の何気ない言葉は、呪いに等しかった。

絵乃の一途は、母に似ている。夫と娘を捨てて男に走った母もまた、恋に一途な女と言える。父にそんなつもりはなかったろうが、あの母と同じ、浅はかで無鉄砲な娘だと言われた気がした。

「――さん、お絵乃さん！」

気づくととなりの小机から、椋郎の怪訝な目が向けられていた。

「は、はい！　あ、椋さん、何でしょう？」

「そのようすじゃ、きいちゃいないだろ？」

「え、と……すみません。もういっぺん、お願いします」

ふう、と大きなため息が返る。

「あのよ、お絵乃さん。おれはあんたの指南役だ、わかるな？」

「はい、承知しています」

「いったい、どうしたい？　ここしばらくは気もそぞろで、仕事にもさっぱり身が入らない。粗相もやらかしちゃいるが、それ以上に……」

「もしかして……お払い箱ですか？　でも、そうですよね。新米でたいして役に立たない上に、しくじりばかりじゃ……いくら椋さんや女将さんだって、嫌気がさしますよね」

「おいおい、早合点するなよ。何か心配事があるなら、相談に乗ると言いたかったんだ」

口調はくだけているが、眼差しはただ絵乃を案じている。この男はいつだって真っ直ぐに人を思い遣る。

「ひょっとして、物思いの元は小網町かい？　客の網元を訪ねた帰り道、ようすがおかしかった。何かを、いや、誰かを見たんじゃねえか？」

目の前にある不満や怒りなら、言葉にするのは容易《たやす》い。けれどこれは違う。遠い昔に封印し、忌避し続けた挙句、得体の知れない化け物と化してしまった。いま蓋を開ければ、何がとび出すのか絵乃にもわからない。

「人が多過ぎて、おれには判じようもなかったが……あのときたしか、お絵乃さんは呟いていて……」

「椋さんには、関わりありません！　お願いだから、放っておいて！」

追い詰められて、こたえに窮した。椋郎の表情は、びっくりしたまま固まっている。

それがゆっくりと溶けて、少し悲しそうな輪郭になった。

「すまねえ、不躾に……」

「いえ、あたしの方こそ……大きな声をあげて、ごめんなさい」

沈黙が、重く居座った。女将の桐も番頭の舞蔵も、今日は出払っている。奈津は泊まり客の世話で、二階から降りてこない。しかし幸いにも、勝手から助け船が入った。間延びしたしゃがれ声が、絵乃を呼ぶ。

「すまんが、ちょいと手伝ってもらえんかの。今日は客が多くてな、夕餉の仕度が間に合いそうにないんだ」

勝手仕事を任されている、花爺だった。

絵乃が腰を上げたとき、となりの椋郎からも、小さな安堵の息がもれた。

「この大根と人参を、刻んでもらえるかい」

「千切りですか？　それとも、銀杏《いちょう》や半月にしますか？」

「汁にぶっ込むだけだからな、何でもいいさ」

と、『狸穴屋』の料理人は、いたってこだわりがない。公事宿では、泊まり客に朝晩二度の食事を出すが、宿賃は御上が定めているだけに、ごく安い。朝餉は汁に漬物という簡素な献立で、晩には煮物や酢の物の鉢がつく。今日はそんな暇すらないようで、春菊を湯通しして、おひたしにするという。

包丁を握り、とんとんと大根を刻んでいると、粟立《あわだ》った気持ちがしだいに落ち着いてくる。

「さっきは、ありがとうございました。おかげで助かりました」

「なに……椋は悪気はねえんだが、若いだけにせっかちでね」

花爺には、そういうところがある。実に具合よくさりげなく、気詰まりを払う手際がある。

椋郎が難儀な客に往生していた折には、勝手から鍋釜をひっくり返す派手な音がして、高ぶっていた客の気が逸れた。絵乃が大事な証文に茶をこぼしたときは、とっておきの好物だと言いながら饅頭の皿を出してくれた。もっとも懐いているのは、桐の娘の奈津であり、母の愚痴から気になる男の話まで、あれこれと他愛なく明かす。

それでいて当人の話は、花七《はなしち》という名より他は、ほとんど知らない。

あまりの仲の良さに、奈津の実の祖父ではないかと疑ったことすらある。

「花爺はね、おっかさんの元の旦那の親類なのよ。何人目か忘れちまったけれど、その人の叔父さんにあたると……あれ、従兄だったかな？」

桐の元旦那は七人もいるのだから、奈津の覚えがあやふやでも仕方がない。

自ら来し方を語らない花爺には、やはり語りたくない昔があるのだろうか？

「花爺くらいの歳になれば、昔あった嫌なことも忘れてしまうものかしら？」

大根を銀杏に切りながら、ついたずねていた。詮索のつもりはなく、ただ何年経てば過去から解放されるのか、知りたかっただけだ。

「ほら、たいがいのお年寄りは、昔語りをよくしなさるでしょ？　嫌なことは忘れて、好ましい昔だけが残るのなら、歳をとるのも悪くないなって」

「いやあ、案外消えねえもんさ。むしろ消しちまいてえ昔こそ、しつこくついてくる。若い者が昔語りをしねえのは、単にいまが忙しくて、ふり返る暇がないからさね」

花爺の歳は定かではないが、六十は越えていよう。二十三の絵乃が、このさき倍以上の年月を重ねても、過去は追いかけてくるのかと心底がっかりした。

「先があるうちは、逃げきれそうに思えるからね。背中を向けて駆けるだけでいい。老い先が短くなると、自ずと逃げ場に事欠く。先がねえからこそ、昔をふり返る」

そういうもんさね、と春菊を鍋から上げながら、湯気の中で呟いた。

紅白の銀杏を笊《ざる》に山にして勝手を出ると、椋郎は店にいなかった。

その日も一日中、傍目《はため》からはぼんやりとして見えたろうが、頭の中では少し違うことを考えていた。

――逃げきれそうに思えるからね。背中を向けて駆けるだけでいい。

花爺の言葉が、しつこい蚊のように頭の中で唸る。

たとえ花爺の歳に至るまで逃げ続けても、いつかは追いつかれる。何十年か先のその恐怖より、ただ怯え、目を逸らして駆ける自分の姿に情けなさが募った。

亭主の富次郎との離縁は、いつか決着をつけねばならない。

椋郎がきっかけで、絵乃が狸穴屋に雇われたのは、九月の末だった。

まだ三月《みつき》も経っていない。年が明けたら、あのろくでなしの亭主と、今度こそすっぱり別れてやりなおすのだ――。心に思い決めながらも、足許が揺らぐ。

背中に佇んでいるのは、あの女だ。母という名の女の影だ。

富次郎の本性を見抜けぬまま、夫婦になった浅はかも。未だに離縁に至れぬ不甲斐なさも、母から受け継いだ血のためではなかろうか――。その思いが拭いきれない。

単に過去であれば、見ないふりもできる。けれども富次郎との離縁は、絵乃の先々を左右する。富次郎と対峙《たいじ》するためには、足許を固めねばならず、そんなときに絵乃は、母の姿を認めてしまった。これは紛れもなく現在《いま》なのだ。

夜着《よぎ》にくるまって、出口のない問答のようにぐるぐると頭でこねまわしていたが、いつのまにか眠ってしまった。目覚めたときには、腹が決まっていた。

とはいえ、朝餉を食したとたんに、ふやけてしまいそうな決心だ。身仕度を済ませると、真っ先に指南役に申し出た。

「椋さん、少しよろしいですか？」

「ああ、お絵乃さん……そのう、昨日はすまなかったな、よけいな真似をして」

昨日はあの後、ろくに口を利かなかったが、この人の好い手代は、絵乃以上に気に病んでいたのだろう。

「どうも心配が先に立って、つい口を出しちまったが、あの後、女将さんにもやり込められた。当人が四の五の考えているうちは、存分に悩ませてやれって。だから昨日のことは、ひとまず忘れて……」

「この前、小網町で、子供の頃に別れたきりの、母を見つけました」

え、と椋郎が、言い訳めいた詫びを引っ込め、店内にいた桐と舞蔵もふり返る。

「あたしと父を捨てて、男に走った母です。だからずっと、憎んでました」

「そ、そうなのか……えっと、立ち話もなんだから、座敷で茶でも飲みながら。いや、朝餉の後がいいか」

「いえ、いま語ることができるのは、それだけです。だから、会ってこようと思います」

「会うって、おっかさんにかい？」

「はい。それで、一時《いっとき》ばかり留守にしてよろしいですか？　仕事の手がすくころ、昼を過ぎた時分にしますから」

「それは構わねえが……」

桐も事情をきいて快く許しをくれたが、肝心のことを忘れていた。

「小網町というと、網元を訪ねた帰りだろ？　町中で見かけたにせよ居所はわかるのかい？」

椋郎に問われて、初めて気づいた。たしかに、堀端にいた姿だけでは、肝心の居場所がつかめない。

「仕方ないねえ。椋、おまえもついてっておやりな」

「それがいいですね。お絵乃さんをひとりで出して、店でやきもきされるよりはましですよ」

桐と舞蔵が重ねたことで、話は決まった。

ほどよい緊張のおかげか、午前中は無事に凌ぎ、茶漬けで昼餉を済ませると、絵乃は椋郎とともに狸穴屋を出た。

「お絵乃さんが、川越生まれとは知らなかったな」

馬喰町の表通りを西へ向かいながら、簡単に経緯《いきさつ》を語った。

「十三の歳に、父と一緒に江戸に出てきたの……その前の年に母がいなくなって、色々と噂が立ったものだから、居辛くなったのだと思うわ」

父の基造は、武蔵川越で団扇師をしていた。川越から江戸に引き移ったのは、母が出奔《しゅっぽん》して、半年ほど後のことだ。

ある日、手習いから帰ると、母がいなくなっていた。

絵乃にとっては、それだけだった。最初は何かの冗談と思えた。かくれんぼで見つかったときのように、枕屏風《まくらびょうぶ》の陰から、いまにもひょっこりと顔を出しそうな気がしたのだ。

残っていたのは、わずか六文字の置手紙だ。

『ごめんなさい』

ひどく歪《いびつ》な文字で、それだけが、渋団扇に書き残されていた。渋団扇とは、使い古しの反故紙《ほごがみ》を貼って柿渋を塗ったものだ。安くて丈夫なために鮨屋や鰻屋、家の勝手でも重宝される。基造は絵団扇も手掛けていたが、渋団扇も大事な商売種であった。

母が毎日愛用していた渋団扇には、絵乃の手習いの紙が使われていた。

ふぢなみの花はさかりに――。

万葉集にある大伴四綱《おおとものよつな》の一首で、藤浪《ふぢなみ》の花は盛りになりにけり　平城《なら》の都を思ほすや君、という歌である。もっと幼かったころ、藤にまつわる歌はないかと手習師匠にたずねて教えられたが、藤も盛りも難しく、当時は書けなかった。花だけを頑張って仕上げて、真っ先に母に見せにいった。

「これね、おっかさんのことよ。だって藤の花は、房になっているもの」

母の名は、布佐《ふさ》という。布佐と房を、幼い絵乃は結びつけた。母はたいそう喜んで、何年も大事にしていた。仕舞っておくくらいなら、いっそ団扇にしたらどうかと、父が三本の団扇に仕立ててくれた。字が大きいために、一首は三つに分かれてしまったが、母は三本の団扇を、やはり大事に使っていた。

「滑稽《こっけい》よね。母にはどうせ、読めなかったのに」

「え？」

「母は、無筆《むひつ》だったの」

つい、そんな話までしてしまったが、椋郎はよけいな口を挟まず耳を傾けた。

残した六文字が、母には精一杯だったのだろうが、大事なその思い出までが汚されたように、絵乃には思えた。父は妻の行方を方々探し回ったものの甲斐はなく、やがて絵乃に言った。

「母さんはきっと帰ってくる。ここで一緒に待とうな」

うん、とうなずいたものの、その頃から絵乃の耳には、ある噂が届くようになった。旅の商人風の男と、母は手に手をとって出奔した——。

その男は、ここふた月ほどのあいだ、父の留守を狙って何度か家に出入りしていた。寺の境内《けいだい》や、人気《ひとけ》のない裏通りで落ち合っていたとの話もある。

そのひとつひとつが、絵乃の中にあった母の像を切り裂き、思い出を塗り潰していった。

少しずつ荒《すさ》んでいく娘の気持ちを、父は案じていたのかもしれない。年が明けて桜の蕾《つぼみ》がふくらんだころ、川越の長屋を引き払って、娘を連れて江戸に出た。

「江戸には、見知りはいたのかい？」

「ええ、あたしもそれまで知らなかったのだけど、絵団扇は江戸で修業したそうなの」

「それなら、若い頃は江戸にいなさったのかい？」

「そうらしいわ。修業を終えても、しばらくは江戸にいて、母と一緒になったときに川越に戻ったときいたわ」

もっとも、父から直《じか》にきいたわけではない。親子のあいだでは、母の話は禁忌《きんき》だった。父はもともと寡黙《かもく》な人で、絵乃も長じてからは口に出すことすら厭《いと》うていたからだ。

教えてくれたのは、家を訪ねてきた団扇職人だった。修業時代の兄弟子だという職人は、母のことも覚えていた。

「もっとも、会ったのは一度きりだがね。所帯をもったのを機に、川越に帰ることにしたと、ふたりで挨拶に来てくれた。始終むっつりで気持ちを顔に出さねえ男が、そのときばかりは何とも嬉しそうでねえ……こんな始末になるなんて、夢にも思わなかったよ」

と、我が事のように肩を落とした。

「その人は、おっかさんの素性なんぞは、きいていたのかい？」と、椋郎がたずねる。

「いいえ、詳しいことは何も。父が通っていた飯屋で働いていたと、馴れ初めだけは知っていたけれど。それはあたしも、両親《ふたおや》がいた頃に同じ話をきいたわ」

芋の煮ころがしばかりを欠かさず頼んでいたとか、酒はあまり強くなく、猪口《ちょこ》を二、三杯乾《ほ》しただけで真っ赤になっていたとか、いずれも他愛のない思い出話ばかりだった。

「三人でいた頃は、いいおっかさんだったんだな……」

馬喰町の先の小伝馬町を過ぎ、道を南に折れてから椋郎がぽつりと言った。絵乃はこたえず、胸の中で呟いた。

だからこそ、許せなかった――。

裏切られたと思えたのは、男と逃げた始末のためではない。それまであたりまえに感じていた母の姿を、木端微塵《こっぱみじん》に壊されたからだ。

心の片隅には、昔の母が残っている。地味な身なりと控えめなふるまい、やさしい笑顔と絵乃を抱く温かな手。他所の家と変わらない、母たる姿。

けれど先日、目にした布佐は、別人かと見紛うような風体だった。母という着物を脱いで、赤裸々に女を晒《さら》しているような。逃げ出したのは、それ以上見たくなかったからだ。

自ずと、足が止まった。椋郎が気づいてふり返る。

「大丈夫か？……今日は、やめておくか？」

少し生真面目が過ぎる案じ顔は、最初に会ったときと同じだった。椋郎がいなければ、たぶん踵《きびす》を返していたろう。

「いえ、行きます」

顔を上げ、つま先を前に出した。

やがて道は、二本の堀に挟まれた町屋に突き当たった。

「おっかさんを見たのは、思案橋の袂だと言ったな？　てことは、小網町一丁目か、となりの堀江町か。おれたちはこの前、二丁目の側から向こう岸を見たろう？」

小網町は、日本橋川に沿って三町が並び、一丁目だけが堀を挟んだ思案橋の向こう側にあり、となりは堀江町だった。

どちらにせよ、馬喰町から遠くはない。こんな近くに母がいて、互いに知らずにいたのかと、一種不思議な心地がした。口には出さずとも、おそらく父は、最後まで母との再会を願っていたはずだ。父を思うと、また怒りに似た悔しさがこみ上げた。

日本橋に平行してかかる江戸橋に近いだけあって、界隈の表通りは大店《おおだな》が立ち並ぶ立派な問屋街だ。けれど一本裏手に入ると、様相《ようそう》はがらりと変わる。船積《ふなづみ》問屋が多いだけに、船人足《にんそく》などを相手にする盛り場となっていた。

あの崩れた風情は、場末の酌婦といったようすだった。絵乃は椋郎に、母の風体を正直に打ち明けた。

「おっかさんの名は、お布佐さんだったな？」

「でも、いまも同じ名を名乗っているか、わからないわ」

「顔を頼りに探すしかねえな。ひとまずそれらしき店を、片端から当たってみるか」

小網町の裏通りに入り、堀に近い場所から順繰りにまわる。とはいえ、がらくたをまとめてひっくり返したような街で、ひとりの女を探すのは思った以上に手間がかかった。

「おふさ？　さあ、知らないね。他所《よそ》をあたってくんな」

「四十過ぎの女だって？　言いがかりのつもりかね。うちは若い子しか置いちゃいないよ」

「その歳じゃ、酌婦より下働きじゃねえのかい？」

十軒までは数えていたが、その先は覚えていない。

この辺りの商売は、日が落ちてから活気づく。まだ寝惚けているような裏路地で、しらみつぶしにあたったが、成果は上がらなかった。

「ちくしょう、駄目か。小舟町《こぶなちよう》まで足を伸ばすか？」

「たぶん、一時はすでに費やしちまいましたね」

「そんなに経つか。仕方ねえ、明日にでも出直すか。それにしても、さすがに冷えちまったな」

薄日がさして風もない。師走にしては過ごしやすい日よりで、厚めの綿入れに加え、絵乃は首回りを布で覆ってきたが、日が傾くと空気が冷たくなってきた。

「何かあったかいもんでも、腹に入れてから帰ろうや。たしか橋の袂に、掛茶屋《かけぢゃや》があったな」

椋郎と一緒に、思案橋の方角に戻った。西をふり返ると江戸橋が見えて、その向こうに、やや重たげに見える西日があった。

そういえば、あの日、母を見たのも、このくらいの刻限ではなかったろうか。

堀の対岸からこちらを見たとき、やはり同じほどの日の加減だった。

もしかしたら――自ずと堀端に目が行った。土手上には柳の木が並んでいる。どの辺りだったろう、と目がうろうろと柳のあいだをさまよう。と、一本の木の向こうから、白い煙がただよった。

「椋さん、見つけたわ！　たぶん、あれは……」

「え？　あ、おい、お絵乃さん！」

椋郎に応えることもせず駆け出した。思案橋の袂を過ぎて、三、四本の柳をやり過ごす。裏側から煙の出ている木に向かって、大声で叫んだ。

「おっかさん！」

口から出た言葉に、絵乃自身が誰よりも驚いていた。もう二度と、そう呼ぶまいと心に決めていたのに――。

柳の陰から女の頭が覗き、そろりとふり返った。手にした煙管《キセル》が、かすかに震える。驚くというより、ひどく不思議そうな顔だった。

「……お絵乃、なのかい？」

母がいなくなったとき、絵乃は十二歳だった。倍の歳を重ねたいまの姿が、記憶の中の娘とうまく結びつかないようだ。面影を探すように、絵乃の顔にじっと見入る。

そして絵乃もまた、歳月の重さを噛みしめていた。十一年分、歳をとった母は、あまりに小さくやつれて見えた。


「あの男は、おまえの亭主かい？」

掛茶屋の方角に戻っていく姿を目で追いながら、布佐がたずねた。

「違うわ。いまお世話になっている、お店《たな》の人よ」

初めて交わされた、母子の会話がそれだった。

ようやく探し当てたものの、何をどう話していいやら見当がつかない。いつか母に会うことができたら、存分に責めるつもりでいた。何十遍も頭の中に並べ立てた罵詈《ばり》雑言《ぞうごん》は、どうしてだか母の顔を見たとたん、どこかにとんでしまった。

布佐に促され、ともに柳の根方に腰を下ろしたものの、やはり言葉は出ない。ただ黙って母と並んで、潮くさい水面をながめていることが、ひどく間が抜けているようにも思えてきた。母子を沈黙から救い出してくれたのは、椋郎だった。

「ここじゃあ、冷えちまうでしょう。こいつを飲んで凌いでくだせえ」

甘酒の茶碗をふたつ、差し出した。橋際の掛茶屋から、運んでくれたようだ。

「おれはあっちで一服するよ。刻限は気にしなくていいからな」

茶碗をそれぞれの手に握らせると、名乗りもせずに戻っていく。

絵乃の返事に、ふうん、と相槌を打ち、それでも好もしそうな目で、布佐は椋郎の姿を見送っていた。

「あたしの亭主は、ろくでなしだもの。つまらない男に引っかかる浅はかだけは、誰かに似ちまったわ」

また父の言葉が、しつこい呪詛のように胸の裡によぎる。

「違うよ、お絵乃。そういうところも、おとっつぁんに似たんだよ、おまえはね」

え、と小さく声をあげた。絵乃を戒めていた呪いが、たちまち解かれる。

ずっとわだかまっていたのは、父への申し訳なさだ。母に似て、自堕落な男と一緒になった。母の犯した罪を自分がさらに重ねたようで、引け目に感じていた。長く煮《に》凝《こご》っていた忸怩《じくじ》たる思いを、くるりとひっくり返された気がした。

「あたしみたいな女に本気で惚れて、情けをかけた。挙句に夫婦になって、子供まで拵《こさ》えるなんて。どこまで人が好いんだか」

布佐には、身よりがない。つまり母方には、祖父母も親類もひとりもいない。それは承知していたが、最初から母は母であり、若い頃の来し方なぞ考えたことすらなかった。

「おとっつぁんとは、飯屋で会ったときいたけれど」

「嘘ではないがね、そういう飯屋ということさ。『小春《こはる》』って店でね」

江戸には岡場所も多いが、吉原以外は何かと御上の目がうるさい。だから盛り場には、その手の店はめずらしくない。表向きは飯屋や居酒屋の看板を掲げて酌婦を置き、二階の座敷で客を取らせる。ふと思いつき、たずねてみた。

「その飯屋は、どこにあったの？」

「浅草今戸町《いまどまち》さ。店はとうになくなっちまったけどね」

父と暮らした、長屋があった場所だった。父は最初《はな》から母を探そうとしていたのだ。手掛かりは今戸町の飯屋しかなく、しかしその伝手《つて》も途切れた。父の無念に、いまさらながらに思い至った。

「……おとっつぁんは、どうしてる？」

「死んだわ、四年前に。流行病《はやりやまい》でね」

薄い肩が、ぶるっと震えた。ゆっくりと首がうなだれて、「そうかい」とか細い声が返る。

父に対する罪の意識が、少しはあるのだろうか。

本当は真っ先に、どうして、と問いたかった。何故、父と自分を捨てたのか。何の不満があったのか。三人で暮らした十一年の年月は、布佐にとって何だったのか――。けれどもこうして母を前にすると、そのどれもが風に流される砂のように形をなくしていく。しばし考えて、ひとつだけ問うた。

「江戸には、男の人と一緒に？」

「ああ、そうさ。いわゆる昔の男ってやつでね……川越でたまたま会って、焼《や》け木杭《ぼっくい》に火がついたってことさ」

そう、とため息をつくと、他には何も話すことが見当たらない。間を埋めるように、夕七つを告げる鐘が、間抜けな余韻を響かせた。布佐が、柳の根方から腰を上げる。

「そろそろ行くよ。店開けの仕度をしないと」

いまは『乙子《おとご》』という店で、酌婦をしているという。乙子とは末子《まつし》のことで、師走のことを乙子月《おとごづき》ともいう。

また会いたいと母は乞わず、また来るとは娘も告げなかった。

「達者でお暮らし」

まるで永《なが》の別れのように言って、赤味が増した景色の中に痩せた背中が遠ざかる。

ずっとこちらを気にしていたのか、椋郎が走ってきた。手にはふたつの竹皮包みがある。

「おっかさんは、帰ったのか？　居所はきいたか？」

ええ、とうなずくと、包みのひとつを絵乃に預け、布佐を追いかけていく。包みはほこほこと温かく、甘い酒のにおいがする。茶屋で購《あがな》った酒饅頭のようだ。

椋郎はほどなく追いついて、声をかけ饅頭の包みを渡した。布佐は有難そうにお辞儀をし、椋郎に何か言った。やや戸惑った顔をしながらも、椋郎が応じる。短いながらもやりとりが二、三続き、椋郎が戻ってきた。

「何を話していたの？」

「いや……」

と、何故か視線を逸らす。取り繕うように後を継いだ。

「お絵乃さんが公事宿で頑張っているとか、そんなことだ」

そういえば、自分の居場所も生業《なりわい》も、何も伝えていなかった。布佐がきかなかったから、忘れていたのだ。娘には関心がないのか、それとも遠慮だろうか。

「帰ろうか。きっと女将さんたちが、首を長くして待っていなさる」

「そうね……今日はありがとう、椋さん」

布佐が身にまとっていた、けだるく空虚なものが移ったかのように急に疲れを覚えた。

「どうだったい、お絵乃？　おっかさんには会えたのかい？」

店に帰り着くなり、あからさまにたずねたのは、桐らしい朗らかな思いやりであろう。

つい苦笑がわいて、母には会えたと素直に報告した。さして長くもない母子の会話をかいつまんで披露する。店には舞蔵と奈津もいて、また椋郎も話に聞き入る。

「それじゃあやっぱり、駆落ちしたってのは単なる噂じゃなかったんだね」

「男としては、立つ瀬がないねえ」と、舞蔵が顔をしかめる。

「それでも、当人の口から改めてきかされて、ふんぎりがつきました。会ってきてよかったと思います」

「そう遠くないところにいるし、これからはたまに顔を見せに行っちゃどうだい？」

椋郎らしい、ごくまっとうな意見だが、それには首を横にふった。

「いえ、もう気は済みましたし、当分は……向こうもあたしのことは、さほど気にかけちゃいないようですし」

「月並みだがね、子供を気にかけない親なぞいないよ」

桐がめずらしく、しんみりとした真顔を向ける。

「あたしだって、似たようなものさ。お奈津以外の子は、手放したんだから。捨てられたと文句を言われても、返す言葉がない」

「男子が父方に育てられるのは道理だもの、兄さんたちは別に不服はなさそうよ。ただ、男を見る目がないってところだけは、おっかさんも同じだわね」

何をいまさらと、呆れるように奈津が応じた。

「それで七度も、離縁に至ったというわけかい？」と、椋郎が混ぜっ返す。

「まさにそうなのよ。ほら、所帯をもつのに向かない男っているでしょ？　腰が定まらないというか、地に足がついていないというか」

絵乃の亭主、富次郎も当てはまりそうに思えたが、金遣いや女癖とはまた違うという。

「どこか夢見がちで、女房と子供の暮らしを守るより、やりたいことに向かってしまうのよ。あたしのおとっつぁんもね、浪人者だったのだけれど」

「お奈津ちゃんのお父さまは、お侍さんだったんですか！」

初めてきいた絵乃は、つい声が大きくなった。

「たしか、仕官を乞うために江戸を離れたと伺ったような……」

「違うわよ、舞蔵さん。そんな立派な心掛けなら、どんなにましか。うちのおとっつぁんはね、何と宮本武蔵《みやもとむさし》に憧れて、剣を極めるために放浪の旅に出ちまったのよ。まったく呆れて物も言えやしないわ」

「そう、けんけんとこき下ろしなさんな。お奈津の父親は、苦味走ったなかなかの男前でね、上に馬鹿がつくほどに生真面目な男だったよ。その一途《いちず》なところに惚れちまったんだがね」と、桐がのろける。

「一途も度を越しちゃ、はた迷惑だわよ」

「いいじゃないか、当人の好きにさせてやりゃ。おとっつぁんの人生は、おとっつぁんのものなんだから。幸いあたしには、この店があるからね。別に食うには困らないし」

「おっかさんは、いつもそれなんだから」

「そういえば、狸穴屋の跡取りだった方も、たしか長崎に蘭学修業に行かれたそうですね」

と、絵乃も以前きいた話を思い出した。桐の元夫は、職や身分こそさまざまだが、手堅い人生では満足しきれぬ者たちのようだ。なまじ生計《たつき》の道があるだけに、女房の桐も好きにさせる。ただし黙って夫の帰りを待つような、殊勝《しゅしょう》な玉ではない。

舞蔵と椋郎が、ため息と苦笑を交わし合う。

「女将さんも、何だかんだ言って、惚れっぽいからねえ」

「互いの勝手がこの上なく嚙み合った挙句が、七度の縁付きと離縁ですか」

瞳を左上に向けて、桐は考える顔をする。

「とはいえ、お絵乃のおっかさんの話は、鵜呑《うの》みにはできないかもしれないねえ」

「鵜呑みに、とは、どの辺が？」と、椋郎が首をひねる。

「お絵乃の話じゃ、家を出奔するまでは、いいおっかさんだったんだろ？　おとっつぁんとの仲は、どうだった？」

「子供の目からは、睦まじく見えました」

父は母をとても大事にして、母は父に幸せそうに寄り添っていた。決してべたべたした間柄ではなく、静かな信頼が培われているような、そんな空気があった。

「もうひとつ、おとっつぁんの基造さんは跡取り息子かい？」

「いいえ、父は三男です。家は川越の百姓で、田畑はお兄さんが継ぎました」

「他に何か、川越に帰らねばならない理由《わけ》があったのかい？」

「特には……生まれ育った土地に、帰りたかっただけではないかと」

桐にそう返しながらも、絵乃の中にもふと疑問がわいた。一家は川越城下に暮らしていたが、基造の生家は同じ川越とはいえかなり離れている。年に一、二度、盆や正月になると馳走に招かれて、親類縁者と顔を合わせたが、そう頻繁に行き来していたわけではない。

歳から勘定すると、川越に移ったとき、基造は二十九だった。すでに一人前の団扇師として仕事をしていたろうし、父の兄弟子も、ふいのことで驚いたと語っていた。

「とするとだ、川越に移らねばならない理由は、お布佐さんにあった。そうは考えられないかい？」

「母に、ですか……？」

「ひっくり返せば、江戸を離れなければならない理由さね」

桐が四人に向かって、ぴんと人差し指を立てる。指に引かれるように舞蔵が天井を見上げて、ふうむと唸った。

「それはまあ、あり得ますね。酌婦をしていたなら、その来し方を隠そうとしたとか」

「お江戸は広いんだから、どこか別の町に引っ越せばいいだけの話じゃない？」

奈津が応じて椋郎もうなずく。椋郎が、ふと気づいた顔になった。

「もしかすると……誰かから逃げていたとか？」

「誰かって、誰よ？」と、奈津が重ねる。

「たとえば、たちの悪い男だよ。女を食い物にして、その上で胡坐《あぐら》をかいている。世間には、ごまんといるだろ？」

「富次郎のような、ということですか？」

「そうは言わねえが……」

絵乃に向けられた困り顔には、正直にそう書いてある。

「まあ、盛り場なんぞには、むしろよくある話だがね」

舞蔵がもっともらしくうなずく。胸の中が、急にもやもやと燻《くすぶ》ってきた。払うように絵乃は告げた。

「どちらにせよ、もう終わった話です。昔のことに、あれこれと思惑をめぐらしても仕方ありませんし、何よりもおとっつぁんは死んじまった。いまさら何を蒸し返しても詮ないだけで……」

「昔じゃなく、現在《いま》の話だとしたら、どうだい？」

桐の強い瞳に射《い》すくめられて、口をつぐんだ。

「おっかさんは、いくつだい？」

「たしか、父の九つ下ですから……年が明ければ四十五かと」

「その歳で未だにそんな商売《なりわい》をしているなんて、おかしかないかい？」

「もともとふしだらで、だらしのない気性なんでしょう」

「一緒に暮らしていた頃は、違ったんだろ？　まっとうで情の深い母親だったと……」

「もう、いい加減にしてください！　あたしはこれ以上、あの人に関わるのはご免なんです！」

何故か母のこととなると、気持ちがはじける。昨日、椋郎に当たったばかりなのに、またやってしまった。母を掘り下げれば、必ず自分に返る。自身の根っこに寄生する黒い虫を、日の下《もと》に晒す羽目になる。そんな怖い思いはしたくない。

「女将さん、やめておきやしょう。こっから先は、他人が無闇に立ち入っちゃならねえ場所でさ」

絵乃の気持ちを代弁するように、椋郎が庇《かば》い立てをする。舞蔵と奈津も気まずそうに黙り込んだが、桐だけは強気を崩さなかった。

「ここはね、公事宿なんだよ。他人さまの家内に土足で入って、腹の中を一切合切《いっさいがっさい》吐いてもらう商いなんだ。綺麗事だけじゃやっていけない。公事を争うには欲や損得、我《が》や執着なぞを、これでもかというほど目の当たりにする」

桐は三人を見渡して、最後に絵乃を捉えた。

「お絵乃はたしかにうちの雇い人だが、頼み人でもあるだろう？　あんたは狸穴屋《うちや》に離縁を頼んだ。違うかい？」

「そう、です……」

「だったら、このくらいの節介で、尻込みしないでもらいたいね。自らの手で自らの離縁を成すと、あたしらの前で言ったじゃないか」

そのとおりだ。あのときの桐の言葉を、絵乃ははっきりと思い出した。

『富次郎とお絵乃の離縁を成す。それが手代としての初仕事になる。できるかい？』

そして必ず成すと、絵乃はこたえた。

「おっかさんのことを棚上げにしたままじゃ、しぶり腹を抱えていると同じこと。己の離縁をもち上げるにも、腹に力が入らないよ。あんたの離縁と先々のためには、いっそすっきりとさせちまった方がいい」

たいそう含蓄のある助言のはずが、椋郎と奈津からたちまち文句がとぶ。

「女将さん、そのたとえはどうかと……」

「厠ですっきりってことでしょ？　おっかさんたら品がないわね」

「うるさいね、たとえはわかりやすい方がいいんだよ」

「女将さんには、少しははばかってもらわないと」

「厠だけに、でやすか？　舞蔵さん、うまいね！」

厠ははばかりとも称する。椋郎におだてられ、番頭がにんまりする。

大声で吐いた絵乃の弱音も、女将との言い合いも、いつのまにやら落語めいた軽口に収まってしまった。

桐もそれ以上、蒸し返す真似はしなかったが、よく考えるようにと目で釘をさす。

本当は、絵乃にもわかっていた。今日、母に会いにいったのも、まさに桐が言ったとおりだ。自身の離縁のためには避けては通れない。なのに会えたことで気が抜けて、たいして話もせぬままに帰ってきた。

布佐がきかなかったから、狸穴屋にいることも告げなかった。そう自分に言い訳したが、このまま母との縁を切ることをどこかで望んでいた。

切っても切れぬのが親子の縁か――。ちぎった布から糸がほつれるように、いつまでも治らぬ傷口から細く血が流れるように、どこまでも絵乃についてまわる。

鬱陶しさに、気が塞ぐ。

それから二日経ち、三日が過ぎても、絵乃はふんぎりがつかないままだった。桐をはじめとする狸穴屋の者たちも、あれ以来、話題にはしない。師走も末にかかり、そんな暇もないという事情もある。

できれば悶着を年内に片付けて、新たな気持ちで新年を迎えたいと望むのが人の情だ。公事宿も、この時期がもっとも忙しい。桐と椋郎は客先を走りまわっていて、掛け取りを任されている舞蔵も同様だ。絵乃は店に残り来客を引き受け、あるいは花爺や奈津を手伝って、泊まり客の世話に追われた。

公事のために長逗留している客たちも、正月のためにひとまず故郷《くに》に帰る仕度をしているが、遠方から来た客の中には、路銀の節約のためにこのまま宿で年を越す者たちもいた。

「よいお年を」と、大方の客が帰郷の途につき、屋内が妙な静けさに包まれる。

師走二十七日のことだった。

「やれやれ、これで一段落といったところか。居残りの客はふた組だったな、奈津ちゃん」

「ええ、そうよ、花爺。それぞれ甲斐と伊豆からいらしてて、合わせて五名さま」

「甲斐と伊豆は、どちらも天領でしたね。公事のためには、わざわざ江戸に上らねばならないのですか？」

「大方は、土地の代官所が引き受けるはずよ。あたしは詳しくは知らないけど……よほど揉めて収まりがつかなかったり、訴える相手が江戸者であったり、あるいは代官所では裁きが難しくてご評定に委《ゆだ》ねるしかなかったり、たぶんそんなところね」

絵乃の問いに、奈津がこたえる。どちらにせよ、遠方からわざわざ足を運ぶだけあって、訴えは相応に込み入っており、この手の客は桐に一任されていた。

「おっかさんはああ見えて、公事師としては腕が立つのよ。去年までは仲間行事もしていたから、詰番にも駆り出されて。終日お役所に詰めるのは退屈極まりないって、文句たらたらだったわね」

「たしか、御役所出入宿詰番、といいましたか。公事宿仲間の大切なお役目のひとつだと伺いました」

「というより、厄介なお役目ね。奉行所の御用を怠ると、公事宿株をとられちまうし」

「そういや、大坂の公事宿は、御用の代わりに冥加金《みょうがきん》を納めていると、前に椋からきいたことがあるな」と、花爺も言い添える。

公事宿株を持つ株仲間は、公事宿仲間と称するいくつかの組合を作っている。株を与える代わりに、幕府は組合に賦役《ふやく》を課し、差し紙と呼ばれる呼び出し状の送達や、宿預《やどあずけ》となった者の身柄預かりを任せていた。

宿預とは刑罰のひとつでもあるのだが、公事宿の場合は、吟味中の科人《とがにん》を預かることをさす。科人といっても、いわゆる悪人ではなく、あくまで公事宿が関わる民事で訴えられた側ということだ。ただし預人《あずかりにん》が悶着を起こせば、公事宿が責めを負わねばならない。

差し紙や宿預の御用を迅速にこなすために、奉行所には株仲間の顔役たる行事が、毎日交代で詰めていた。狸穴屋が属する株仲間では六人の行事が立てられ、桐も去年までは六日に一度、奉行所に詰めていたが、五十歳になったのを機にようやくお役御免となったようだ。

絵乃が狸穴屋へ来てからは、宿預の例もなく、どこか他人事のように思えていた。まさか自分がその身の上になろうとは、ちらとも考えてはいなかった。

やがて桐や舞蔵、椋郎が帰ってきて夕餉をとり、各々《おのおの》の寝間に引きとった。

夜五つを過ぎた頃合だ。桐だけは、遅くまで帳面付けをしていたようだが、絵乃は二階に上がってからも半時ほど奈津とおしゃべりをして、布団に入ったのは夜四つに近い頃だろう。

翌朝はいつもどおり、日の出より少し前、明け六つの鐘が鳴るころに起き出して、洗面を済ませてから、花爺の朝餉の仕度を手伝った。

店先がにわかに騒がしくなったのは、朝餉を終えて勝手で後片付けをしていたときだ。

「これは、仁科《にしな》さま。直々のお出張りとはおめずらしい。いったい何事でございますか」

桐の声に引かれ、勝手の入口にかかった暖簾の隙間から店を覗いた。

その風体から、町奉行所同心と思しき侍が、店の戸口を塞ぐようにして立っていた。歳は桐と同じくらいか。大きな男で、眼光も鋭い。離れていても威圧感を覚えるが、桐には馴染みの相手のようで、ていねいな応対ながら物怖じするようすはない。

同心が、じろりと店内を見渡す。舞蔵と椋郎も、就いていた帳場や小机から離れて、同心に辞儀をしたが、やはり相手の意図が見えないのか顔には怪訝が浮かんでいた。

「お絵乃って女は、ここにいるかい？」

ふいに名を呼ばれ、絵乃の鼓動がはね上がる。

「はい、たしかに。お絵乃は狸穴《うち》屋の手代にございますが……」

「その女を、差し出してくんな」

町方同心は、町人言葉を使う。物言いはくだけているが、低い響きに圧《お》されたように、足が一歩も動かない。暖簾の陰で立ち尽くした。

「どういうことです、仁科さま。お絵乃がいったい何をしたと？」

「亭主を刺した咎《とが》により、引っ立てる」

「何ですって……？」

同心と向かい合う、桐の背中が固まった。

「浅草福川町、左近長屋に住む富次郎。そいつがお絵乃の亭主だろう？」

「たしかにそのとおりですが……刺されたとは、いつのことですか？」

「昨晩だ。長屋に帰ったところを、木戸の前で後ろから刺された」

「それが、お絵乃の仕業だと仰るのですか？」

「刺された富次郎が、そう言ったんだ。間違いはなかろう」

「そいつは嘘だ！　富次郎は、嘘をついている」

叫んだのは椋郎だった。畳についた両手を拳に握り、同心に向かって訴える。

「お絵乃さんは、富次郎との離縁を望んでいる。奴はそいつが面白くねえんだ。だからそんな嫌がらせを……」

「夫婦の事情《わけ》までは知らねえが、奴が刃物で襲われたのは真実《ほんとう》だ。咎人の名があがった以上、吟味しねえわけにもいくめえ」

椋郎はそれでも怯まず、同心に目を据える。いまにもとびかかりそうな手代を、舞蔵が必死に押さえつけた。

「旦那、ふたつばかり、おきかせ願えますか」

「何だ、女将?」

「富次郎の傷の具合は?」

「医者の話じゃ、たいしたことはねえ。命に関わるほどの傷ではねえそうだ」

おそらくは、刺した者の力が足りなかったのだろう。刃は浅く刺さり、そのまま横にすべった。傷口からはそのように判じられ、包丁のたぐいと思われるが、刃物は見つかっていないという。

「もうひとつ、富次郎が襲われたのは、昨晩の何時《なんどき》ですか?」

「夜五つを過ぎた時分だそうだ」

「その頃お絵乃は間違いなくここに、この狸穴屋におりました。ここにいる私と雇い人、二階にお泊まりのお客さまにも、どうぞ確かめてくださいまし。その刻限なら、お客さまもお絵乃の姿を見ているはずです」

「いくら女将でも、差し出口は控えてくんな。こいつは吟味筋で、出入筋とは違う。

たとえ公事宿の主《あるじ》とて、庇い立てはしねえ方が身のためだ」

「ですが、旦那……！」

「絵乃は、あたしです」

これ以上、桐や皆に迷惑はかけられない。暖簾を分けて、同心の前に姿を晒した。

鋭い目が、絵乃を捉える。

「ようし、いい心掛けだ。おめえが女房か。ひとまず大番屋《おおばんや》に来てもらおうか」

「仁科の旦那、どうかお待ちを！」

「女将さん、もういいんです。大番屋で吟味を受ければ、あたしじゃないことはわかってもらえましょうし……」

「おまえは、黙っといで」

桐のひと睨みが、絵乃の口をふさぐ。桐には、わかっていたのだ。

江戸の八百八町を預かるには、同心の数はあまりに足りない。いい加減な吟味も多く、一度捕らえられた咎人が、解き放ちになることなぞほとんどない。

ましてや当の富次郎が言い立てたとなれば、まず覆《くつがえ》すのは難しい。

夫の元を去った女房への意趣返《いしゅがえ》しか、あるいは絵乃をとり戻さんとの算段かもしれない。訴えをとり下げる代わりに、復縁を迫ることは十分に考えられる。

どちらにせよ、大番屋に連行されれば、絵乃の先々は潰れたも同じこと。

桐にはその読みが、正確に見えていた。

「仁科さま、お願いがあります」

桐の口調と気配が変わった。声にも佇まいにも、静かな胆力がこもっている。

「お絵乃を、私どもの宿預としてくださいまし」

「宿預、だと？」

同心は不快そうに、上からじろりと桐を見下ろした。

「馬鹿言うな。公事宿に預けるのは、出入筋の科人だけだ。こいつは吟味筋だと言ったはずだぜ」

「そこを曲げて、お願いします。昨晩の五つ時、ここにいたお絵乃が、浅草にいる富次郎を刺せるはずがありません。亭主の嘘か、勘違いかはわかりませんが、咎人は必ず他におります」

「その真の咎人とやらは、どこにいるってんだ？」

「いまはわかりませんが、ご所望とあらば……」

「生抜《なま》かすんじゃねえ、お桐！　よりにもよって公事宿が、おれたち町方に楯つくつもりか！」

仁科の怒声が、建具を震わさんばかりに響きわたった。それでも絵乃を庇う桐の背中は、少しも動じない。

「後生です、旦那。折しも年の瀬、せめて正月を迎えるまで、お絵乃を預からせてくださいまし。万一お絵乃が逃げたり悶着を起こしたら、あたしを括っていただいて構いません。もちろんそのときは、公事宿株もお返しいたします」

「女将さん、やめてください！　あたしのために女将さんや狸穴屋が害を被るなんて、そっちの方がたまりません！」

「商家では、雇い人は身内と同じ。雇った以上は、おまえもあたしの身内なんだよ。無実を承知で、むざむざと番屋に渡せるものかい」

「女将さん、でも……」

桐は聞く耳をもたず、ふり向きさえしない。

「旦那とは、かれこれ二十年以上のつき合いだ。あたしの気性もご承知のはず。これまでに旦那に向かって、嘘や謀《たばか》りを一遍だって言ったことがありますか？」

同心と桐が、無言で睨み合う。先に目を逸らしたのは、同心の方だった。

「けっ、二十年以上のやりとりなんぞ、覚えているわけがなかろうが」

「あたしは、ちゃんと覚えてますよ。お役人とのやりとりは、いちいち控えておりますし」

「嫌な女だな。かかずらうには骨が折れる」

盆《ぼん》の窪《くぼ》をかきながら、同心は背を向けた。

「折しも年の瀬、か……。ま、おれも忙しい身だからな。年が明けるまでは、夫婦の諍いにまで手がまわりそうにねえ」

「旦那……」

「正月二日に、また来る。覚えておけよ、女将」

同心は、小者《こもの》ふたりを引き連れて、狸穴屋を立ち去った。

つっかい棒が膝から外れたように、絵乃が土間にへたりこむ。

「ごめんなさい、女将さん……あたしのために、とんでもないことに……」

涙が止まらず、両手で顔を覆った。花爺の骨ばった手が、励ますように背を撫《な》でた。

「いまは泣き言に、つき合ってる暇なんかないんだよ。なにせ今日を入れても、四日しかないからね。何とか元日までに、富次郎を刺した奴を突き止めないと」

桐の固い決意に、狸穴屋の誰もがかっきりとうなずく。絵乃を責める者は、ひとりもいなかった。

「今年の師走が大の月だったことだけは、運がよかったたね」

「この一日があるとないとじゃ、大違いでさ」

舞蔵と椋郎は、暦の良さを言い交わす。江戸の暦は、大の月が三十日、小の月が二十九日とされる。師走も年によっては小の月もあるのだが、今年の師走は大の月、つまり三十日が晦日《みそか》となる。この一日の猶予が、いまはただ有難い。

しかしその晩になって、意外な話が桐の元にもたらされた。仁科からの知らせを、小者が届けてくれたのだ。

「旦那からの言伝で、刺した者が自ら番屋に名乗り出たと……」

朗報のはずが、桐の顔色は冴えない。その目がゆっくりと、絵乃に向けられた。

「刺したのは、お絵乃のおっかさんだ」

桐の声が、ひどく遠くからきこえた。

ふたたびの縁

「おっかさんが、富次郎を刺した……？」

絵乃にはどうにも信じ難い。呟いた言葉が耳に届くと、陳腐にすらきこえる。

「番屋に名乗り出たのは、小網町の『乙子』という店の酌婦で、お布佐という女だと」

沈鬱《ちんうつ》な面持ちで、女将の桐が告げた。

日が落ちて半時後、夕餉の仕度が整った頃合だった。

公事宿の『狸穴屋』には、皆が顔をそろえていて、下男の花爺と女将の娘の奈津は勝手にいたが、女将以下、番頭とふたりの手代は店にいた。そんな中、町奉行所の同心である仁科から使いが来た。小者は女将に用件を伝えて、足早に去った。

「そんな……だって、どうして？　どうやって？　あの人は、富次郎のことを何も知らないはずなのに。そんなこと、できるはずが……」

混乱して、まとまらない考えが口からこぼれ出る。

母とはほんの数日前、十一年ぶりに再会した。亭主の富次郎のことにも軽くふれたが、富次郎の居所すら母には明かしていない。けれども絵乃が何よりも拘《こだわ》っているのは、出会いや手段ではなく、理由だった。

「それに、どうしてあの人が、そんなことを？　あたしとおとっつぁんを捨てて男と逃げて、十年以上も音沙汰なしで、この前会った時だって素っ気なくて……あたしのためだなんて、とても思えない……もしかして、お金に困って無心に行ったのかしら？　それで話がこじれて刃傷沙汰《にんじょうざた》に……」

「お絵乃、いい加減におし！」

広がるばかりの悪い妄想を、女将がぴしゃりとさえぎる。

「合点がいかないなら、おっかさんに直《じか》に質すことだね」

「母に、会えるのですか？」

「ああ、というより仁科の旦那からの呼び出しでね。咎人の申し開きを鵜呑みにもできないし、お絵乃にもあれこれききたいことがあるそうだ。浅草の番屋まで来いと、お呼びがかかってね」

こんな晩方になって狸穴屋に小者を寄越したのは、咎人の捕縛を伝えるためではなく、申し開きの裏付けをとるためのようだ。桐と絵乃が腰を上げようとすると、脇から大きな声がかかった。

「すんません！　おれのせいです！」

「椋さん……？」

「お絵乃さんのおっかさんが無茶をしたのは、おれのせいです。おれがよけいなことを言ったばかりに……」

気が動転して、それまで眼中になかったが、椋郎は青ざめた顔をこわばらせている。

「この前、別れ際に酒饅頭を渡して……その折に、きかれたんです。お絵乃さんの亭主は、どんな奴かと……」

数日前、母に会ったときのことかと、絵乃も思い出した。少し遠くなった背中を追いかけて、椋郎は母に手土産の酒饅頭をもたせた。そのとき短い間だったが、母と言葉を交わしていた。

「で、椋、お布佐さんには何と言ったんだい？」

桐のきつい目に促され、椋郎が素直に白状する。

「金と女にだらしがない、どうしようもない男だと……でも、いまはおれたち狸穴屋の皆がついているから、心配はいらないと。お絵乃さんは亭主の元を去り、狸穴屋で預かっている。遠からず、きっと離縁を成してみせると……」

「よけいなくだりはいいから、肝心のことをお話しな。富次郎が浅草福川町の左近長屋にいることも、お布佐さんに告げたのかい？」

「はい……亭主の居所を、お布佐さんにたずねられて……だから、おれのせいです。詫びのしようもありやせん」

椋郎が、畳に突っ伏すようにして頭を下げた。気のやさしいこの手代を責める気なぞ、もとよりない。事はすべて、絵乃を中心に絡み合っている。今度のことは、己の落ち度だ。もっと母と語らっていれば、夫との離縁も自分が始末をつけると、その決意を明かしていれば、母もこんな浅はかをしでかさなかったかもしれない。

悔いだけが重く下りてきて、ただでさえ冷たい足の辺りにひんやりとわだかまる。

「ほら、ふたりとも、わかりやすくしょげるんじゃないよ。別に誰のせいだって構やしない。まず、お布佐さんから話をきかないと、手立ての講じようもないじゃないか」

ぱん、と桐が手を叩き、若いふたりを追い立てにかかる。

「さ、絵乃も仕度して。夜道だから、椋も供《とも》をおし。提灯《ちょうちん》の仕度も頼むよ」

舞蔵に後を任せ、桐はふたりを連れて狸穴屋を後にした。

「おう、来たか。遅くにすまねえな、女将」

　自身番屋はどこも、同じような造りだ。番屋の外は狭い白洲になっていて、式台と玉砂利が配され、その奥が座敷、さらに座敷の奥に板間がある。

　同心の仁科は三人を座敷に招じ入れたが、絵乃の目は奥の板間に釘付けになった。灯りの届かない薄暗がりに、女がひとり座っていた。顔をうつむけ、ぺたりと尻をつけているのに、右手だけが高く上げられている。まるでおいでおいでをする幽霊さながらで、鳥肌が立った。板間には、罪人を繋ぐ鉄鐶《てつかん》が壁に穿《うが》たれている。手首を鐶に縛《いまし》められているために、そのような姿なのだ。

「まずは、顔を確かめてくんな。この女は、おめえの母親かい？」

　同心が板間に移り、手燭《てしょく》を女にさし向ける。同心に命じられ、女は物憂げに顔を上げた。

「おっかさん……」

　娘と目が合うと、うっすらと微笑む。何故だか顔には、安堵があった。

「おめえの産みの親に、間違いねえんだな？」

「はい……間違いございません。母の、布佐です……」

　それきり言葉が続かない。胸に突き上げてくるものは、慟哭《どうこく》だった。いますぐ母にしがみつき、大声で泣きたい――。衝動を堪えるのが精一杯だった。娘の軽はずみを抑えるかのように、布佐はすっと視線を外した。

後を桐が引きとって、同心とやりとりを交わす。同心からは、布佐が番屋に出頭した経緯《いきさつ》が改めて語られ、桐は布佐と絵乃の親子の関わりを説く。

「なるほど、十一年も親子の縁を断っていたというわけか……」

ちらと咎人に目を走らせ、同心が顎を撫でた。

「旦那、本当にお布佐さんが富次郎を？」

「当人がそう言ってる。富次郎を、後ろから刺したとな」

「刺した刃物は？」

「川に捨てたとよ」

富次郎の申し立てとも齟齬はない。絵乃の仕業だと富次郎が判じたのも、母を娘と見間違えたとすれば理由が立つ。

「富次郎を襲ったわけは？　お布佐さんは何と？」

「娘に無体をはたらく男が、許せなかったとよ。まあ、いまの話だと、捨てた娘への罪滅ぼしってところか」

思わず、母を見た。まるで関心のない他人事のように、うつむき加減の横顔は少しも動かない。

「お絵乃や狸穴屋にとってはよかったな。親子で企んだと取られてもおかしかねえし、親が咎人となりゃ子も責めを負うのが定法だが……十年以上もつき合いがねえなら、御上《おかみ》も見逃してくれるだろうよ」

「では、お絵乃にはお構いなしと？」

「吟味や白洲には呼び立てられるだろうが、おそらくは大丈夫だろう」

同じ町奉行所の役人といっても、仁科は定廻《じょうまわり》同心だ。咎人の詳しい調べは吟味方の与力と同心が、また裁決は奉行が下す。ここから先は、仁科が直接関わるわけではないが、長年の経験から同心はそう判じた。

「旦那、お布佐さんの仕置きは……？　殺したわけじゃねえから、死罪にはなりやせんよね？」

おそるおそるたずねたのは、椋郎だった。

「まあな。ただ、流罪《るざい》にはなるかもしれねえ」

「そんな！　傷は浅いとききやした。重くとも中追放《ちゅうついほう》では？」

重罪にあたる吟味筋を公事宿ではあつかわないものの、椋郎は手代だけあって刑罰にも多少は詳しい。親や主人、師匠を傷つければ即死罪となるが、それ以外であれば極刑は免れる。概ね軽傷なら追放刑が下され、相手の暮らしを損なうほどの深手を負わせた場合には、流罪もあり得た。

「喧嘩沙汰なら、たしかに中追放が頃合だろうが、夜道を狙って刺したとなれば、よりあくどい。島流しになっても文句は言えねえよ。当のお布佐も観念しているしな」

ふいに、荒涼とした景色の中に立つ、母の姿が見えた。灰色の海と空を背に、黒々とした岩場に立ち、風に吹かれている。その顔はいまと同じに空虚で、瞳は何も映していない。単なる想像のはずが、たまらない気持ちがこみ上げた。

「お役人さま！　母と話を……少しだけで構いませんから、どうか話をさせてください。お願いします！」

「……ちょんの間だけだぞ」

同心は渋面を作りながらも、絵乃を奥の板間に入れた。膝でにじり寄り、声をかける。

「おっかさん……」

やはり、後が続かない。ありがとうなのかすまないなのか、悲しいのか辛いのか寂しいのか、それもわからない。残された時間《とき》はわずかだ。親子の語らいが叶うのはいましかなく、今生《こんじょう》の別れになるかもしれない。思いに胸が塞がれて、開けた口からは息だけがもれる。励ますように、母がか細い声で告げた。

「会えて、嬉しかった……」

鉄鐶に繋がれておらず、それまでだらりと床に投げ出されていた左手が、絵乃の膝に伸ばされた。膝の上に握った拳を、そっと包む。ひどく冷たく、筋張っている。幼い頃の母の手の感触とはまったく違うのに、鮮やかに昔の母がよみがえった。

この手は紛れもなく、絵乃を愛《いつく》しんでくれた手だ。絵乃を抱きしめ、頰をはさみ、頭をやさしく撫でた。外を歩くときは、絵乃の小さな手と絶えず繋がれていた。

気持ちが強く炙られて、熱い涙となってあふれ出た。子供のように情けなく顔が歪む。

「おっかさん……嫌だよ……せっかく会えたのに……こんなのって、ないよ……」

冷たい手が絵乃の頰に当てられて、涙を吸いとってゆく。

「いいんだよ、お絵乃。これでいいの」

「でも……」

「これでようやく楽になれる……長い物思いも、これで終わる」

心から嬉しそうに、微笑んだ。昔と同じ、母の顔だった。

魅入られたように母を見詰めながら、唐突にあることに気づいた。しかし口にする前に、背中から同心の声がかかる。

「もう、いいだろ。差し紙は追って届けるが、どのみち年明けだ。まあ、女将がいるなら、その辺も抜かりはなかろうがな」

てきぱきと告げて、仁科は三人を番屋から追い払った。

番屋を出て浅草御蔵屋敷を過ぎるまで、絵乃はずっと黙ったままだった。心配になったのか、神田川の手前で椋郎が声をかける。

「大丈夫か、お絵乃さん。おっかさんがあんなことになって、案じるなって方が無理な話だが……」

「そうじゃないの、椋さん……あたし、気づいたことがあるの」

「何をだい？」

「おっかさんは、富次郎を刺しちゃいない。咎人はきっと、他にいるって」

え、と桐と椋郎が、足を止めた。

この辺りは、神田川の河口に近いだけに、風は大川からも吹きつけてくる。橋から半町ほど外れた路地に、夜鳴蕎麦屋《よなきそばや》の提灯を見つけた。

「ちょっと温《あった》まっていこうか」と、桐が言った。

湯気の立つかけ蕎麦と熱燗《あつかん》で、冷えたからだがいくぶん温《ぬく》みをとり戻す。蕎麦屋の親父に届かぬくらいの小声で、桐が改めてたずねた。

「さっきの話だけど、お布佐さんはやってないって、何を拠り所にそう考えたんだい？」

「拠り所は……ありません。ただ、母を間近に見たとき、そう思えたんです。この人は、何もしていない。あたしを庇っているだけじゃないかって……」

どうしてと言われても、こたえようがない。たぶん、思い起こされた昔の母の姿と、少しのずれもなく、ぴたりと重なったためだろうか。どんな理由にせよ、あの母が、人を傷つけるはずがない――。あのときたしかに、絵乃は目の前にいる母を信じたのだ。

あいまいなこたえにもかかわらず、桐ははねつけることをしなかった。

「あたしも、そう思うよ。実はあたしもね、ひとつ気づいたことがあるんだよ」

「何です、女将さん？」と、椋郎が促す。

「お布佐さんは今日になって、福川町の番屋に名乗り出た。でも刺されたのは、昨日の晩なんだよ。まる一日、お布佐さんはどこにいたんだい？」

「言われてみれば、妙でやすね……」

富次郎が刺されたのは、昨晩の夜五つ過ぎ。お布佐が番屋に現れたのは、今日の夕刻ときいていた。人を刺したのなら、気が動じて辺りをさまよっていたとも考えられるが、翌日の夕方というのは、どうも中途半端だと桐が眉間にしわを寄せる。

「おれもひとつ、解《げ》せねえことがあるんでさ。お布佐さんはたしかに、おれから富次郎の居所をきいていた。だが、奴の顔は知らねえはずだ。どうやって奴を判じたのか、まるでわからねえ」

桐と絵乃が、同時に目を見張る。

「たしかに……椋さんの言うとおりだわ」

富次郎は、長屋に帰ってきたところを後ろから刺された。長屋で待ち伏せたとしても、顔を知らない者を襲えるはずもない。仮に昼間のうちに富次郎を見極めたとしても、夜に背中から問答無用で刺すというのは、どうも納得しがたい。

「お布佐さんじゃないとするなら、富次郎を襲った奴は他にいるってことだね」

「そいつをおれたちが探し当てりゃ、お絵乃さんのおっかさんはお解き放ちになる」

椋郎が拳を握り、桐は深くうなずく。真の咎人を挙げて、母を救い出す——。

突飛な考えのはずが、このふたりが後ろ楯になってくれるなら出目はある。

絵乃の胸に、希望がわいた。

　翌日、絵乃はふたたび浅草福川町に足を向けた。今度は番屋ではなく、三月《みつき》前まで暮らしていた左近長屋だ。

　富次郎は床に横たわっていたが、絵乃の顔を見ると起き上がった。

「遅いじゃないか、お絵乃。もうちっと早く亭主を見舞っても、よさそうに思うがな」

　富次郎とは、あえてひとりで会うことにした。その方が相手の迂闊《うかつ》を誘い、話をきき出しやすかろうとの桐の案だった。椋郎は反対したが、絵乃は承知した。

　今頃は女将と椋郎も、それぞれ別の場所で調べにあたっているはずだ。桐は同心の仁科に会うために町奉行所に、椋郎は当夜の布佐の行動を調べるために小網町に走っていた。

　四畳半の座敷に上がることはせず、絵乃は框に腰を下ろした。

「あたしが刺したと、嘘をつかれましたから、見舞いどころではありませんでした」

「おめえより他に、恨みを買った女なぞ浮かばなくってな。お光《みつ》もお石《いし》もお慶《けい》も、おれにはぞっこん惚れていて、大事にしてくれる。おれを袖にしたのは、おめえくらいだぜ」

　女たちの名は、悋気を起こさせる腹か。馬鹿馬鹿しさに鼻白んだ。

こんな男だったろうか？　三月ぶりに会う夫に、違和感を覚えた。常に愛想をたやさない少し垂れぎみの目も、甘ったるい声音も、ただよう男の色香も以前のままだ。ただ、そのすべてが安っぽく、ちんけに映る。張子細工から、鮮やかな紙を剝《は》いだようだ。中は何もないがらんどうで、その空虚がはっきりとわかる。

「にしても、お絵乃は前よりきれいになったんじゃねえか？　亭主としちゃあ、悲しむべきかね？　いや、それでも見目のよい女房は悪かないねぇ」

べたべたとした口調が女房と呼んだとき、はっきりと嫌悪が走った。

変わったのは、富次郎ではない。あたしの方だ——。

たった三月で、こうも違うものか？　心の変じようは、自分でも戸惑うほどだ。

ここにいた頃の絵乃は、出来の悪い稲のようだった。籾《もみ》の中で米は育たず、指で押せばたやすく潰れる。単調な暮らしの中、亭主の悪癖《あくへき》に情けない思いばかりを募らせていた。

けれど狸穴屋での日々は、新しいことずくめだった。

難しい証文や大量の覚書と、本気で格闘した。こんなに字を読み書きしたのは、手習所以来だった。そして毎日、違った客が、それぞれの人生を語る。公事も離縁も、外からは似たように見えるが、その実ひとつとして同じものはない。客は悶着を片付けに公事宿を訪れる。どれも難儀を伴っているのだが、不思議と絵乃は、誰の中にも滑稽を感じていた。

決して人の苦難を嘲笑《あざわら》うわけではない。どんな不幸にも、たとえどん底の人生であったとしても、ほんのぽっちりの明るさの種が潜んでいる。

離縁はいわば、家族の諍いだ。自ずと家の中ばかりにかかずらい、視界は狭くなる。公事宿を訪ねてくる頃には、誰しもが下を向き足許ばかりを見ている。

その顎を、一寸《ちょっと》だけ上げてやる。公事宿にできるのは、それだけだった。

たったそれだけで、思いのほか視界が広がる。見える景色ががらりと変わる。どんなに狭い場所に立っていたのかわかったとき、安堵とともに笑いがこみ上げる。笑う余裕をとり戻せば、先々に希望も生まれ、自分の小ささと、そして尊さも感じられる。ちっぽけな己を受け入れ、日常に引き戻してくれる者たちがいることに気づくのだ。

空を飛ぶ鷹のように、狸穴屋でぐんと広がった景色の中では、富次郎の存在はあまりに小さく、同時に絵乃の悩みも嵩を失う。

悩みの幕をとり払ってみれば、呆れるほどに卑小《ひしよう》な男が、目の前にいた。

「でもよ、まさかてめえの母親に肩代わりさせるとはな。お袋さんは、とうに死んだときかされていたから、それだけでも驚いたぜ」

死んだとは言っていない。すでにいないと告げたのだが、同じことだ。十二の歳から母の存在をなかったことにして生きてきた。

「まあ、おめえの心掛けによっちゃ、大目に見るぜ」

「何の話です？」

「だからよ、どうせおめえが母親を唆《そそのか》して、おれに仕掛けてきたんだろ？　おめえには関わりはねえと、おれから役人に口を添えてやるからよ」

「ご心配なく。あたしの身の証《あか》しは、すでに立ちました」

「へえ……母親に罪をおっ被《かぶ》せて、後は知らぬふりかい」

「いいえ、咎人は他にいます。もしかしたら、あたしの目の前に……」

この男の、自作自演ではないか？　絵乃はまず、それを疑った。背中の傷は腰のあたりだというから、手を伸ばせば届きそうだ。富次郎ならやりかねない。

真偽を計るように睨みつけたが、つるりと整った顔には何も浮かばない。

同時に、ひとつ思い出した。富次郎は痛がりだ。小さな指の傷さえも、痛い痛いと大げさに訴えていた。たとえ芝居にせよ、己を傷つける度胸など端《はな》からありはしない。

「刺されたとき、相手を見なかったの？」

「なにせ月もなくて、真っ暗闇だったからな。気配や走り去る足音で、女だとは察したが」

やはり、刺した者は別にいる――おそらくは、富次郎の金蔓として利用された、数多の女の誰かだ。

さっきあがった三人の名を、頭の中で素早く反芻《はんすう》した。

「お光さんは、たしか長唄のお師匠さんよね？　お石さんは、ずっと前に金を返せと怒鳴り込んできた、後家さんのこと？　とっくに切れたと思っていたけれど」

「お絵乃が出ていって、寂しくなっちまってよ。つい、な。どっちも大年増だし、おめえさえ戻ってきてくれりゃ、すっぱりと別れるからよ」

光や石の名は、絵乃にも覚えがある。だが、三人目は初めてきく名だ。さりげなく探りを入れた。

「お慶さんは、どこの人？　やっぱり富さんより年上なの？」

「いいや、逆だ。おぼこ娘でな、田原町の料理屋のひとり娘だ……なんだ、焼いてんのか？」

視線を落とし、拗《す》ねているように見せながら、どうにか『八長《はっちょう》』という料理屋の名をきき出した。

「戻ってこいや、お絵乃……たった三月離れていただけで思い知ったよ。やっぱりおれの女房は、おめえだけだとな」

この男は、金にも女にも不自由しない。ただ身の回りの世話をする女中として、悶着が起きた折に尻拭いをする世話役として、絵乃を手許に置きたいだけなのだ。

「おれたち、うまくやっていたじゃねえか……互いに恨みっこなしで、水に流そうぜ」

「……互いに？」

「お袋さんにつけられた傷は忘れるからよ、おめえもいい加減、機嫌を直して……」

生白い腕が、肩に伸ばされた。とっさに身をよじり、片手で強くはねのける。何を考えるより早く、からだが反応した。

「戻る気なぞ、一分もありません。必ず離縁を成してみせます」

富次郎の目つきに、それまでなかった険が宿り、気配が変わった。獰猛《どうもう》な蛇に似た本性が、露《あら》わになる。

「せっかく下手に出てやったってのに、そっちがその気ならこっちにも考えがある」

粘っこかった口調も変わり、細い舌が突き刺すように絵乃を狙う。

「てめえとお袋が計って、おれを殺そうとしたと訴えてやる」

「そんな出任せ、お役人が信じるはずが……」

「刺された当人がしつこく喚《わめ》き立てりゃ、無下にはしねえだろ。おめえをきっと引きずり出してやる。白洲で会うのが楽しみだな、なあ、お絵乃」

恐怖で、からだが固まった。金縛りを無理やり解くようにして、急いで長屋を出た。

「お疲れさん、目ぼしい話は拾えたかい？」

表で待っていた姿に、ようやく緊張がほぐれた。

「そちらは、どうでしたか？」

「大方は、亭主の女がらみだったけど、ひとつだけ面白い話種を見つけたよ」

今日、絵乃は、福川町までひとりで来たわけではない。

付き添ってくれたのは、狸穴屋の元手代で、武家に嫁いだ志賀だった。

「すみません、お志賀さん、暮れも押し迫ったときに無理をお願いして」

浅草寺《せんそうじ》門前の蕎麦屋に場所を移すと、改めて絵乃は礼を述べた。

「櫓木家の旦那さまや親御さまは、よくご承知なすってくださいましたね」

「この前は、若村さまの件で世話になったからね、お互いさまさ」

若村は、志賀の夫である櫓木啓五郎の友人であり、母と妻の不仲に悩んでいた。若村の件は、たしかに狸穴屋が間に立ったものの、仲裁は志賀の手腕によるものだ。それでも志賀は、蕎麦をたぐりながら冗談めかす。

「礼金も弾んでくれるというし、櫓木にとっても否やはないさ。なにせ暮れの掛け取りで、ごっそり持っていかれちまってね。姑上《ははうえ》なぞ、ほくほく顔で送り出してくれたよ。どのみち、女将さん直々の頼みとあっちゃ、無下にはできないよ」

今朝、桐は絵乃を連れて、志賀の嫁ぎ先である櫓木家を訪ねて助力を乞うた。

志賀を担ぎ出したのには理由がある。富次郎は、刺したのは絵乃だと言い立てた。この手の噂はまたたく間に広がる。最初は妻の絵乃が、次いでその母親が咎人とされたのだ。絵乃が長屋を訪ねていったところで、良い顔はされない。けれども武家の妻である志賀がとなりにいれば、あつかいも変わるだろう。

「お絵乃さんには、公事のことで大変お世話になりまして。いまでは姉妹のように親しく行き来しておりますの」

菓子折を手に、志賀は少々大げさなまでに武家の妻女を演じきった。武家の妻が傍らにいては、大家も長屋の衆も粗末にはあつかえない。そろって挨拶を済ませてから、絵乃は富次郎の見舞いに行き、そのあいだ志賀は、暇つぶしの世間話の体《てい》で、井戸端にいた女房たちから話種を仕入れていた。

「なるほどね、ひとまずはその三人の女が怪しいってことだね？　まったく、とんでもないクソ亭主だね」

長屋では上品な態度を崩さなかった志賀が、蕎麦屋に入ったとたん容赦なくこき下ろす。

「お志賀さんの話もきかせてください。面白い話種って何です？」

「お絵乃のおっかさんのことだよ。事が起こるより前は、誰もお布佐さんを見ちゃいない。姿を見たのは、富次郎が刺された翌日だけなんだ」

「……どういう、ことでしょう？」

「だからさ、もしもお布佐さんがやったなら、逆のはずだろ？　富次郎の居所なぞは、人にたずねて確かめないと。逆にやらかした後には、その場所は避けるのが道理じゃないか」

「たしかに、そのとおりですね」

「たぶんお布佐さんは、事が起きた翌日に、初めて左近長屋を訪ねたんだよ。そして娘のあんたが、亭主を刺したという噂を耳にした」

「それって……あたしを助けるために、やってもいない罪を申し立てたということですか？」

「他に何があるんだい。母親ならむしろ、あたりまえじゃないか」

ふいに、昨日の母がよみがえった。最初に目が合ったとき、明らかに安堵していた。

娘の顔を見て、母は悟ったのかもしれない。あれは絵乃の仕業ではないと――。娘の無実が、何よりも嬉しかったに違いない。一切を呑み込んだ上で、なおも絵乃を庇おうとしている。

――いいんだよ、お絵乃。これでいいの。

「よくない……そんな理不尽が、あってたまるもんか！」

「何だい、いきなり。びっくりするじゃないか」

「お志賀さん、あたし、探します。本当の咎人を」

絵乃の決意が伝わったのか、そうだね、と志賀がこたえる。

「それじゃ、まずはそのお慶って娘から当たろうか」

田原町にある『八長』という料理屋を訪ねたが、残念ながらはずれだった。

慶は富次郎が難を被ったことすら知らず、それ以上に驚いたのは絵乃の存在だった。

「そんな……富さんに、おかみさんがいたなんて……そんなこと、ひと言も……」

ほろほろと涙をこぼされて、憐《あわ》れみが先に立った。すでに別居しているし、亭主には何の未練もない。離縁する心積もりだと事情を説きながら、言わずにはおれなかった。

「これ以上、あんな男に深入りしちゃいけません。ぐずぐずしてたら、この立派な料理屋すら食い物にされかねない。いまならまだ間に合います」

「でも……初めて好きになった人なのに！」

初心《うぶ》であったからこそ傷ついた。絵乃の中に残る慶の姿が、昔の自分に重なった。富次郎の傷の具合を、一度もたずねなかった。相手の痛みに頓着しないのは、自分も同じかと自嘲がわいた。

「こんなときに何だけど、富次郎に恨みを抱いていそうな者に、心当たりはないかい？」

志賀に乞われて、袖で涙を押さえながら娘が顔を上げる。

「あります……富さんと門前町をそぞろ歩いているときに、女の人がふいに現れて、富さんに食ってかかってきて」

富次郎は邪険に払いのけ、拍子に女が倒れた。後は一顧だにせず、以前からしつこくつきまとわれている女だが、気にすることはない。富次郎はそう言い訳した。

「それは、いつのことだい？」

「何日前かは忘れましたが……十日は経っていないと思います」

「どこの誰です？　その人の名を、きいてませんか？」

「いえ、あいにくと……ただ、ずいぶんと年増だったので驚きました。私の母とさほど変わらぬくらいで、四十前後だろうと。それに、正直なところ器量もあまり……」

「その女の面相《めんそう》を、詳しく教えておくれな」

鼻も唇もずんぐりして、厚ぼったい目蓋の下から覗く細い両の目は、出来の悪い福笑いのようにひどく離れている――。良家の娘らしく慶は遠慮がちに述べたが、絵乃の脳裡《のうり》に忘れかけていた女が浮かんだ。

「その人の目の際に、大きな黒子《ほくろ》がありませんでしたか？　こちらから見て右でしたから、左目です」

「ありました！　ええ、たしかに、小指の先ほどもありそうな大きな黒子が」

「お絵乃は、知っているのかい？」

志賀に向かって、苦い笑いを返す。

「たぶん……富次郎が浮気した、最初の女です」

「へええ、その女のところに怒鳴り込んだのかい。お絵乃も見かけによらないねえ」

田原町から東本願寺を過ぎて西に向かいながら、絵乃は志賀に経緯《いきさつ》を語った。

夫の最初の浮気だと告げたが、あくまで妻が尻尾を摑んだ最初という意味だ。おそらく浮気の数は、当人でも数えきれないほどだろう。

女の名は、郷《ごう》という。東本願寺の西を流れる新堀川を渡ると、道の両脇にびっしりと寺が立ち並び、それぞれが門前町を構えている。この通りは稲荷町と呼ばれ、その中ほどに『蓮屋《はすや》』という小さな笠屋があった。親が残したというその店を、郷はひとりで切り盛りしていた。

「怒鳴り込んだわけじゃありません。亭主と別れてくれと頼みに行ったんです」

「本妻が妾《めかけ》の元に乗り込んだんだろ？　相手にしてみりゃ同じことさ」

志賀の言葉が、ちくりと刺さった。

もう四年も前になる。富次郎と一緒になった翌年、父の基造が亡くなった。その四十九日も過ぎぬうちに、近所の者の口を通して知らされたのだ。富次郎が足繁く蓮屋に通っていると。富次郎を詰問しても、のらりくらりとかわされるだけだった。焦りと悋気が喉元まで焼くようで、我慢しきれず稲荷町へと足が向いた。

すみません……すみません……。

肩をすぼめ、蚊の鳴くような声で、郷は詫びをくり返した。燻っていた怒りは消沈し、弱い者苛《いじ》めをしているような気分になった。富次郎には二度と会わないとの、郷の言葉も信用した。

慶の前に現れた女が郷であれば、嘘をつかれたことになる。それでも何故だか、怨む心持ちにはなれなかった。四年ものあいだ、日陰者の立場で男に尽くし、挙句に捨てられたのだ。悔しい気持ちは、痛いほどわかる。

「たぶん、この辺りだったと思うのですが……」

年月が経っているだけに、店の場所もうろ覚えであったが、近くにあった漬物屋にたずねると、親父が教えてくれた。

「蓮屋なら、この四、五軒先だよ。ただ、ふた月前に店は閉めちまったがな」

「店を閉めたって、本当ですか？」

「ああ、女手ひとつでよくやっていたんだがな……どうやら悪い男に引っかかって、有り金をみいんな吐き出しちまったらしい。売り物の仕入れにすら事欠いて、とうとう畳んじまったんだ」

「では、お郷さんという女主人はどちらに？」

「たまに姿は見るから、たぶん、中にいるんじゃねえかな。あそこも借家だからよ、店賃《たなちん》も溜まって、暮れまでに出ていくよう大家からはせっつかれているともきいたが」

漬物屋に礼を言い、自ずと足が急いだ。郷はすでに追い詰められている。小さくとも店を営む郷は、女としては小金持ちの部類に入る。その蓄えをすべて富次郎に注《つ》ぎ込んで、金が尽きたとたん縁を切られたのだ。郷にはもう何もない。

「お郷さん、いませんか、お郷さん！」

閉《た》てられたままの店の戸板をたたき、声をかけた。中からは何も返らない。

「お絵乃、この扉は閂《かんぬき》がかかってない。ここから入ろう」

店の潜戸に隙間があることに志賀が気づき、ふたりは背を屈《かが》めて中に入った。潜戸からさす外の光で、辛《かろ》うじて薄暗い店内が見通せる。潜戸から長い土間が奥に続き、框を上がった四畳半ほどの板間には、埃をかぶった笠がいくつか、放り出されている。土間続きに奥に通ったが、人の気配はしない。胸が嫌な鼓動を打つ。最悪の事態が頭の隅をよぎった。

店の奥には、ふた間の座敷があった。奥側の座敷に、動かぬ人影を見つけたとき、絵乃も志賀も総毛立った。

横顔を向ける格好で、女がひとり、ぺたりと尻をつけて座ったまま微動だにしない。ふた間を仕切る鴨居から、だらりと腰紐がぶら下がっているのが、いっそう不気味だった。

しばし声もなく立ちすくんでいたが、おそるおそる、志賀が声をかけた。

「お郷さん、だろ？　生きているなら、何か返しておくれな」

おそらく一拍ほどの間であったのだろうが、途方もなく長く感じられた。女の首が、ゆっくりとこちらに向けられる。幽霊さながらで、さらに身が縮まる。怖い思いをとばすように、絵乃は叫んだ。

「お郷さん、あたしを覚えていませんか？　富次郎の女房の絵乃です！　四年前にここに来て、亭主との縁切りをお郷さんに頼みました」

「富さんの、おかみさん……」

それまで亡霊のように虚ろだった気配に、精気が灯った。鴨居から下がった紐を避けながら、奥の座敷へ通る。女の傍らに、膝をついた。

「よかった、お郷さん……無事でいてくれて、本当によかった」

四年前の記憶より、十年分は老けていた。それ以上、何も言えない。ただ、背中を抱くようにして肩に手をかけて、女の横顔に向かって懸命に言葉を紡いだ。

「昔のことは、ごめんなさい。別れてくれだなんて、無理を言って……お郷さんはあたしより他の女より、誰よりも富次郎を好いていたのね」

「おかみ、さん……」と、女が絵乃をふり向く。

「お郷さんは誰よりも強く恋うて、富次郎に情けをかけた。どうしようもない男だけれど、お郷さんの気持ちばかりは本物です……本物だからこそ、辛かったのでしょ？」

絵乃を見詰める顔がふいに歪み、厚いまぶたの下から涙があふれる。倒れるようにからだが前のめりになり、額が畳に落ちた。からだ中を震わせるようにして、喉が破れんばかりの声をあげて郷は泣いた。絵乃はただ、丸くなった痩せた背中を撫でることしかできなかった。

「お絵乃、これ……」

志賀が目で示したのは、郷の傍らに落ちていた刃物だった。包丁としては小ぶりに見えるのは、長年のあいだ刃を研いで、すり減ってしまったのだろう。包丁の姿が、郷自身に見えてくる。刃の先の辺りには、血がこびりついていた。

「富次郎を刺したのは、あんただね？」

詰問ではなく、労《いた》わるような声音で志賀はたずねた。泣きながら、郷が何度もうなずく。

郷はおそらく、富次郎と心中するつもりでいたのだろう。けれど本気で相手を傷つけることができず、また死のうとしても死にきれなかった。鴨居にかけられた腰紐が、そう物語っていた。

郷はひとしきり泣き続けたが、やがて声も嗄れた頃、ようやく落ち着いた。洟をかみ、涙を拭いて、改めて絵乃に顔を向ける。

「おかみさんにひとつだけ、ききたいことがあったんです」

「おかみさんは、よしてください。とうに愛想を尽かして、離縁するつもりでいますから。絵乃でよろしいですよ」

頑是《がんぜ》ない子供のように、こくりとうなずく。よほどのことなのか、なかなか言い出せず、喉に詰まった物思いを吐き出すように、ひと息にたずねた。

「お絵乃さんが富さんと一緒になったとき、お腹にややがいたというのは、本当ですか？」

「赤ちゃん？　いいえ、そんなことは……子供は一度も、授かったことがありません」

「そうでしたか……やっぱり、嘘だったんですねえ」

「いいえ、ちょっと待って。それってもしや……お郷さんはそれより前から富次郎と？」

「六年と、半年になります」

勘定すると、絵乃よりも一年ほど長いつき合いになる。

「あたしもお郷さんと同じ……最初《はな》から、騙されていたということですか」

沸々《ふつふつ》とわき上がる怒りは、自分のためか郷のためか、よくわからない。

「ちなみに、お郷さんに子ができたことは？」と、志賀がたずねた。

「いいえ、あたしもまったく……石女《うまずめ》かもしれないと、引け目に感じてました」

「他の女からも、その手の話はきかなかったんだろ？　もしかすると富次郎には、子種がないのかもしれないね」

自棄《やけ》になったのか、これ幸いと思ったか、思惑までは計りかねるが、あまりに節操のない女好きは、その辺に因があるのかもしれないと、志賀はその見当を語った。

どんな理由《わけ》があったにせよ、あの口からは、ひとつの真《まこと》も吐き出されはしないのだ。女を食い物にして、己の安楽を手に入れる。富次郎の頭にあるのはそれだけだ。わかってはいたが、今日ほど骨身にしみて感じたことはない。一切を失った郷の哀れな姿は、絵乃の未来《さき》の姿でもあるからだ。

「許せない……どんな騙《かた》りよりも、たちが悪い」

両の手を握りしめる絵乃をながめて、郷は力のない声で告げた。

「これから番屋に行って、あたしがやったと申し出ます」

「でも……いいのかい？　下手をすれば、流罪になるんだよ」

「いいんです。どのみちあたしにはもう、行く当てすらありませんし……」

寂しげな笑みを、うっすらと浮かべた。

「おかしいですね、心のどこかで、ほっとしてる……これでようやく、富さんへの執着から逃れられる」

似たような台詞を、昨日きいた。黒子の目立つ女の顔に、母の面影が重なる。

――これでようやく楽になれる……長い物思いも、これで終わる。

すべてを諦め、失うことでしか、自由を得られない――。

女の身の不自由が、悲しくてならない。

「お郷さん……どうせなら、あの男を道連れにしませんか?」

絵乃に囁《ささや》いたのは、阿修羅《あしゅら》か物の怪《もののけ》か。何にせよ、邪《よこしま》なものだ。それでも郷を、このまま番屋に突き出す気には、どうしてもなれない。

「命までは無理ですが、意趣返しにはなります。お郷さんと同じ道を歩ませることができますし、何よりもあなたの罪を減じることができる」

それだけで、意図を察したのだろう。志賀が大きく目を見開く。

「そうか……その手があったね。でも、できるかい?」

「お郷さんしだいですが……」と、絵乃が思案を明かす。

これは明らかに奸計だ。やってもいない罪を、富次郎になすりつける卑劣な手段だ。しかし法で裁けぬ罪もある。富次郎が犯した罪には、ちょうどいい罰が下るはずだ。

「ですが、富次郎に恨まれるのは、お郷さんです。それが嫌なら無理にとは……」

「いいえ、恨まれるなら本望です。忘れ去られるよりも、ずっといい……」

腫れぼったい目から覗く瞳には、純粋なまでの希望があった。ずきりと、胸が痛んだ。

布で包んだ包丁を手に、郷は稲荷町の番屋の戸をたたいた。番屋の内に消える後ろ姿を見送って、絵乃と志賀は家路についた。

「あたし、とんでもないことを、お郷さんにさせてしまったんじゃ……どうしよう、やっぱり正直に、仁科さまに打ち明けた方が……」

「善人ぶるのも、いい加減におしな。いまさらしゃしゃり出ても、お郷さんが困るだけさ」

「でも、でも……あたしは結局、己の利のために、あの人を唆したんです。富次郎が罪を負えば離縁が成ると……考えなかったと言えば、嘘になります」

「まっさらでいた方が、楽に生きられる。でもね、公事師はそれだけじゃ駄目なんだ。悪賢《わるがしこ》さや狡《ずる》さも多少はないと。椋なんかはその辺が、まだまだでね」

椋郎の笑顔を思い浮かべると、どうしてだか泣けそうになった。

「椋さんは、どう思うでしょうか……あたしの浅はかを、許してくれるでしょうか」

「さあね、あの唐変木《とうへんぼく》に直にきいてみるんだね」

明日は大晦日。煤払《すすはら》いや餅つきはとうに終え、商家の軒には注連飾《しめかざ》りが並んでいた。

「へえぇ、お絵乃にそんな悪知恵が働くとはねえ。あたしゃ、見直したよ」

「女将さん、その言い方は勘弁してくださいな」

桐は絵乃の機転に感心してみせたが、居心地の悪さがかえって増した。思えば桐と志賀は、よく似ている。性質というよりも、公事師としての覚悟やふるまいが近いのだ。

「椋さんは、まだ帰っていないのですか？」

「ああ、小網町に出掛けたきりさ。この分じゃ、どうせよけいなことまで調べているに違いない。こればかりは椋の悪癖でね」

「悪癖、ですか？」

「客に肩入れし過ぎちまう。公事はいわば御法だからね、その線をどこで引くか、あたしやお志賀ならすぐに見定めるのに、椋は客の気持ちをなだめることに忙しくてね。ありゃきっと、小さい頃にはやたらと犬猫を拾ってきたたぐいだね」

「そうですね……椋さんはそういう人です。あたしも、椋さんに拾われた口ですから」

「そういや、そうだったね」

桐がからからと笑う。それから少し、顔つきを変えた。

「お絵乃もやっぱり、お郷って人に肩入れしたんじゃないのかい？　そのまま番屋に渡せば、さっぱりと片付く。よけいな罪悪も抱えずに済む。なのにあえて、その道をえらんだのは、お郷を拾っちまったのと同じだと思うがね」

もやもやとわだかまっていたものが、腹の底に落ちた。覚悟と化して、腹に定まる。うじうじと嘆くのは、ただの甘えだ。自分は悪くないと、誰かに言ってほしいがために悔やみをこぼしているだけだ。この罪の意識は、一生抱えていかねばならない。その上で郷のために母のために、そして絵乃自身のために、最善を尽くすのだ。

「すみませんでした。もう、泣き言は言いません」

「よろしい。で、これからどうする？」

「まずは、離縁のための訴状を拵えます。これまでの亭主の行いをつぶさに挙げて、お郷さんが語った始末も加えます。お役人さまに、渡していただけませんか？」

「そんな長いもん、ただの離縁であれば迷惑がられるだけだろうがね。吟味に関わるとなれば、読んでくれるだろうよ」

に、と桐が笑う。勇んで小机に向かい、墨を磨《す》っていたとき、椋郎が帰ってきた。

「遅いじゃないか。これだけ暇《いとま》をかけて、まさか空手じゃなかろうね？」

「ご心配なく。お布佐さんの裏は、かっきりとれやした」

「本当ですか、椋さん？」

「ああ、一昨日《おととい》の晩、お絵乃さんのおっかさんは、間違いなく小網町の『乙子』にいた。店の主人も朋輩も、それに客からも証しをとった。夕刻から夜四つの店仕舞いまで、お布佐さんは店に出ていた。どう頑張っても、浅草には行きようがねえ」

富次郎が刺されたのは夜五つ過ぎ、閉店になる夜四つよりも一時前にあたる。

「椋さん、ありがとうございます。これでおっかさんは助かります」

心を込めて礼を述べたが、椋郎はちょっと難しい顔をする。

「いや、それが、手放しでは喜べねんだ。御上の疑いを晴らしても、おっかさんにはもうひとつ面倒がある」

「面倒って……何ですか？」

「おっかさんの、いまの亭主だよ。こいつがもう、ひでえの何のって。富次郎といい勝負だ」

椋郎は、その男について調べていたために、遅くなったと言い訳した。

「椋さん、詳しく話してもらえませんか？」

「その前に、少し温まってはどう？　花爺が奮発して、甘酒を拵えてくれたのよ」

勝手から奈津が顔を出し、湯気の立つ茶碗を皆に配った。二階の客にもふるまうために、そのまま盆を手に階段を上がってゆく。番頭の舞蔵は最前から帳場に張りつき、掛け取りの額を算盤で弾いている。

茶碗を両手で包むと、冷えていた気持ちが温もってくるようだ。麹《こうじ》の甘さが喉を心地よく過ぎた。茶碗の中身をあけると、桐はふたりを連れて奥の座敷に移る。

「男の名は、弐蔵《にぞう》と言いやす」

座敷の襖を閉めて、椋郎は話しはじめた。

「弐蔵ってのは、ただのちんぴらです。渡世人を張っていけるほどの、度胸も腕もねえ。ただ、腹違いの兄貴が、甚五郎《じんごろう》一家てえやくざ一家の若頭でして。そいつのおこぼれに与《あずか》って、けちな悪さをしてきた野郎でさ」

腹立ちを紛らすように、椋郎が相手の男をこき下ろす。

「母とは、どこで知り合ったんでしょう？　父と母は、母が働いていた『小春』という飯屋で出会ったときききました。やはり同じ店でしょうか？」

「いや、もっと前からだ……つき合いの長さばかりは本当でな。親父さんと会う前から、弐蔵はお布佐さんと関わりがあった」

「そうでしたか……」

自ずとうつむき加減になる。絵乃を励ますように、椋郎は声を張った。

「ただし、おっかさんが望んだわけじゃねえ。無理を強《し》いて、てめえのものにしやがったんだ」

「どういうことだい、椋?」

「要は、借金の形《かた》ってことでさ」

布佐もまた、父ひとり娘ひとりの暮らしで、布佐が十を過ぎた頃、父親が病を得た。借金を重ねるしか生計《たつき》の当てはなく、父親は三、四年ほど寝ついてこの世を去った。布佐は十五になったばかりだった。

「借金の取り立てを請け負ったのが、弐蔵の兄貴のいる甚五郎一家でさ」

「なるほどね……本当なら色街に売られるところを、弐蔵がお布佐さんに目をつけて、兄貴に所望したってところかい?」

桐が先回りして推量を述べ、そのとおりだと椋郎がうなずく。

「たった十五で、好きでもない男に……」

その事実に、胸が塞がれる。望んで富次郎と一緒になった絵乃とは、わけが違う。気持ちを察したように、椋郎は声を落として告げた。

「初めて好いた男が、おとっつぁんの基造さんだった。それは紛れもねえ真実《まこと》だそうだ」

「だそうだ、って、誰にきいたんだい？」

「『乙子』の主人の女房です。お節《せつ》さんといって、昔は浅草の『小春』で働いていた、お布佐さんの朋輩なんでさ」

節は布佐が唯一、気を許していた相手で、姉妹のように仲が良かった。布佐が基造と一緒になって川越に行くことも、節だけは承知していた。川越にいるあいだ、文のやりとりをしなかったのも、弐蔵に知られるのを恐れてのことだ。

「女将さんが、前に見当したとおりでした。弐蔵から逃れるために、基造さんはお布佐さんを連れて、川越に引き移ったんだ」

「母は弐蔵から、よほど手酷いあつかいを受けていたんですか？」

ああ、と椋郎は、顔を曇らせる。『小春』も『乙子』も、表は飯屋の体で女を置き、裏では色を売る店だ。弐蔵は、若い頃は博奕《ばくち》に嵌《は》まり、いまは酒浸りの毎日だという。布佐をその手の店で働かせては、金をむしりとっていた。

「どうしてそんな男の元に、母は戻ったの？　あたしには、わからない」

きっかけは、弐蔵の見知りが川越に行った折に、たまたま布佐を見掛けたことだった。それをきいて弐蔵が、川越の団扇師を片端から探して、布佐の居所をつきとめた。

武蔵は、絵乃の父の名や出自などは知らなかった。ただ、『小春』で布佐を贔屓にしていた団扇師が、布佐の失踪と同時に顔を見せなくなったと、店の者からきいていたからだ。

「戻りたくて戻ったわけじゃねえ。お布佐さんは、脅されていたんだ……甚五郎一家に頼んで、親父さんとお絵乃さんを、酷い目に遭わせると」

「そんな……それじゃあ、あたしとおとっつぁんを守るために、おっかさんは……」

「そうだ……ただふたりの身を案じて、人身御供《ひとみごくう》になった……つい、この前までな」

「つい、この前……？」

「お布佐さんは、いまもあんたたち親子が川越で息災に暮らしていると思っていた。というか、そう願ってきたんだ。この前、おれたちが会いにいったとき、親父さんが亡くなって、お絵乃さんが公事宿にいることを知ったんだ」

たったひとり心から愛した男は死に、娘は立派に成長した。公事宿という後ろ楯があれば、やくざ者もそうそう手は出せまい。残る心配はひとつ、娘の亭主のことだけだ。

「ひとまずようすを見てくると言って、浅草まで出掛けたそうだ。お節さんから、そうきいたよ」

「あたし、何も知らなくて……おっかさんを、責めたり詰《なじ》ったりして……」

熱いものがひと息に込み上げてきて、止まらない。

大好きな母だった――。いつもいつもまとわりついて、糊《のり》でくっついてでもいるようだと、父に笑われた。川越を出るとき封印した思いが、母への思慕《しぼ》が、いちどきにあふれて止めようがなかった。

「仕方ねえよ……親の心子知らずって、昔っから言うじゃねえか。これまで知らなかったのも、きっとおっかさんの願いだ。娘にだけは、知られたくなかったはずだ」

椋郎の慰めは、違うものを呼び起こした。

母の中では、絵乃は十二歳のまま、止まっていたのだろう。すでに絵乃は大人になった。ひたすら母に甘え、しがみついていた頃とは違う。なのにいまもこうして、母に守られている。自分を身代わりにして、母は絵乃を庇おうとしている。

哀れな郷を目にしたときと、同じ怒りがこみ上げた。母の悲しみが注がれて、青白い炎が立つ。

「女将さん、お願いがあります」

桐に向き直って、畳に手をついた。

「母の離縁を、あたしに成させてください。弐蔵との縁を、今度こそきっぱりと断ってみせます。どうか、お願いします！」

頭を下げて、許しを乞うた。桐は小さなため息をつき、顔を上げるよう促す。

「気負いだけじゃ務まらないよ。藪《やぶ》をついて蛇を出す始末になりかねない」

「どういうことですか？　向こうに非があるのは明らかです」

絵乃の勇み立ちを抑えるように、椋郎が口を添えた。

「御法からしてみれば、お布佐さんにも非はあるんだ……離縁をせずに他の男と一緒になった。つまりは重なり婚てことだね」

「重なり婚……」

その言葉は、鋭く胸を衝《つ》いた。父の基造から三行半《みくだりはん》を得ぬまま、武蔵と駆落ちした。外から見えるのは、その事実だけだった。

「それでも、武蔵に脅されていたことは真実《ほんとう》だ。仔細を明かせば、御上もきっと事情《わけ》ありだと認めてくれる。まずは奉行所に、よくよく根回しをして……」

「まどろっこしいねえ。御上を説き伏せるくらいなら、武蔵に三行半を書かせる方がよほど楽じゃないか」

「素直に書いてくれる野郎なら、はなから苦労はしやせんぜ」

「そうですよ、女将さん。相手は蛭《ひる》みたいな男ですから、容易《たやす》く離れてはくれません」

「ふたりとも、芸がないねえ。立派な玄関と同じだよ。正面の重い扉をこじ開けるより、脇の潜戸から入る方が手間要らずだろ？　手土産でも携えていけば、向こうが中から開けてくれるさ」

桐の含みに、椋郎は気づいたようだ。

「女将さん、何か手があるんですかい？」

「ああ、ひとつ、思い出したことがあってね。手土産は、甚五郎一家さ」

その夜、絵乃は母のために、二枚の書状を書いた。

夜っぴてつき合ってくれたのは、椋郎だった。まだ書状の記しようが覚束ない絵乃のために、机の脇に陣取って手伝ってくれた。

空が白んできた頃ようやく仕上がり、ふたりは並んだ小机につっ伏して仮眠をとった。

「そろそろ朝餉よ。起きてちょうだいな、おふたりさん」

目を開けると、奈津の顔があった。障子越しにさす日のせいか、笑顔がひどくまぶしい。となりの小机では、未だ椋郎が寝こけていた。

「あーあ、だらしない顔しちゃって。まるで子供みたいね」

ふと気づくと、椋郎の綿入れが絵乃の肩にかけられていた。奈津が勝手の内に消えても、絵乃は机に頬杖をついて椋郎の寝顔に見入っていた。

ひどく安堵を誘い、同時に、少し切ない気持ちにも襲われる。

「椋さんは、誰にでも優しいものね」

呟いたとき、自分の中に芽生えた気持ちに気づかされた。土から顔を出した二葉のように、小さいが鮮やかな色をしている。

「育つかしらね、椋さん」

くうくうと寝息を立てていた椋郎は、くさめをして目を覚ました。

「じゃ、おまえたち、頼んだよ。こっちだけでも、年内に片付けちまいたいからね」

朝餉を済ませ、身仕度を整えると、女将は椋郎と絵乃を送り出した。

「そういえば、武蔵の居所は？」

「抜かりはねえよ。『乙子』のお節さんにきいてある」

椋郎が頼もしく請け合う。『乙子』のある小網町を抜けた先、大川の河口に浮かぶ永久島《えいきゅうじま》にあるという。椋郎に遅れぬよう勇んで足を運び、永久島に渡り箱崎町に着いた。椋郎が、目当ての長屋を見つける。

「おっかさんもここに？　こんな場所に暮らしていたなんて……」

海風にさらされて、立ち腐れているような。あまりにひどい住まいだった。扉が外れた木戸を抜けると、みすぼらしい長屋が軒を並べ、穴のあいていない障子戸は一枚たりとも見当たらない。母の惨めな暮らしが、いまさらながらに身につまされる。不幸を嘆いていた自分を、絵乃は深く恥じた。

その辺にいた子供にきいて、弐蔵の家を確かめた。

「弐蔵はいるかい？　ちょいと邪魔するよ」

椋郎が、無遠慮に入口障子を開ける。内に籠もっていた、饐《す》えた臭気が鼻を突いた。強い酒の臭いに、安い白粉《おしろい》の香が混じる。厭うように顔を背けた。貧乏と怠惰、放埓《ほうらつ》と退廃の臭いだ。

「なんでえ、おめえらは？」

奥の壁際にあった人影が動き、酒の臭いがいっそう強くなった。どろりと濁った目が、こちらを窺う。

「おめえが、弐蔵かい？」

「そうだが……」

思った以上に、貧相な男だった。渡世人どころか、薪割ひとつこなせそうにない。頭髪は抜け落ち、白髪も多い。まだ五十前のはずだが、ずっと老けている。

こんな男に、十年以上も縛られていたのか――。いや、母が十五の頃から数えれば、三十年にもおよぶ。またぞろ怒りがこみ上げた。

土間の奥の四畳半には畳すらなく、古茣蓙《ふるござ》が敷いてあった。転がっているのは酒徳利ばかりで、ろくな家財道具もない。

「おれたちは公事宿の者だ。お布佐さんとあんたの、離縁を話し合いにきた」

「離縁だと？　ふざけんな。だいたい、お布佐はいねえよ。番屋にしょっぴかれたと、大家が喚いていた」

「あんたはいいのかい？　ここにいて」

「おれは何の関わりもねえよ。大家の話じゃ、娘の亭主を刺したっていうじゃねえか。……ったく、いまさら娘だと？　ふざけんじゃねえや。この先誰が、おれの酒代を稼いでくれるってんだ。その娘が、養ってくれるとでもいうのかい？」

「ご免こうむるわ。あたしが布佐の娘です」

「てめえが？　……へえ、悪くねえじゃねえか」

あからさまに値踏みされ、虫唾《むしず》が走った。曲がりなりにも、父よりも長く母と暮らした男だ。情や執心はそれなりにあると思っていたが、その目を見てわかった。この男は、女を金蔓としか見ていない。富次郎と同じ、人の道から逸れた人外《じんがい》の生き物だ。

殴りつけたい衝動を堪えて、二通の状を板間に叩きつけた。

「これは、離縁状です。いますぐこれに、爪印《つめいん》をいただきます」

「馬鹿言うな。たとえお布佐が括られようと、別れるつもりなんてねえからな」

「どうしても、その気はないと？」

「あたりめえだ。いいか、おれにはな、甚五郎一家がついてるんだぜ。おれの兄貴は、甚五郎の右腕だ。下手な真似をしたら、兄貴が黙っちゃいない」

ダン、と板間が派手な音を立てた。椋郎が片足を板間に乗せて、弐蔵を睨む。

「へええ、ここでてめえを痛めつければ、兄貴が駆けつけてくると？」

「あ、あたりめえだ！」

「じゃあ、試してみるかい？　おれはな、こう見えて気が短えんだよ。若え頃には『天神の虎』と呼ばれていた」

相手の胸倉を摑み、椋郎が凄む。前にも一度見たが、演技とは思えぬほどに堂に入っていた。弐蔵が情けない悲鳴をあげる。

「おれに傷のひとつでもつけてみろ、兄貴や甚五郎の親分が、てめえを簀巻《すま》きにして……」

「虎の威を借る狐とは、てめえのことだな。虎はとっくに、くたばってるっていうのにな」

虚勢を張っていた弐蔵の表情に、怯えが走った。

「四年前、浅草で起きた出入り騒ぎだ。甚五郎は、その騒ぎで咎を食らって、死罪になったじゃねえか」

桐が言った土産とは、このことだった。四年前、浅草で鎬《しのぎ》を削っていた渡世人のあいだで悶着がもち上がり、三つの一家を巻き込んで、出入り沙汰を起こした。死人が何人も出て、捕方《とりかた》が出張る事態となった。同心の仁科も捕縛に加わり、桐は仁科から捕物の仔細をきいていた。その中に甚五郎の名があったことを、桐は思い出したのだ。

桐が控えている覚えには、裁きの仔細も記されていた。関わった一家の親分は、すべて死罪となった。

「だ、だから兄貴が、親分の代わりに一家を率いて……」

「嘘をつくな！　てめえの兄貴は流罪を食らって、いまも海の向こうだろうが」

弐蔵が愕然として、眼《まなこ》を見開く。弐蔵の兄は死罪こそ免れたものの、島流しになった。ただし敲《たたき》や牢籠めで済んだ者たちもいて、甚五郎一家の看板だけは守られた。喧嘩騒ぎや親分衆の死罪は読売にも書かれたが、ひとりひとりの罪状や刑罰までは世間には知らされない。弐蔵はそれを利用して、布佐をはじめ界隈の者たちには、兄貴はいまも一家にいると思い込ませた。

「四年も前に、虎は去った。いまのてめえは、ただの薄汚え狐じゃねえか！」

床に叩きつけるようにして、椋郎が手を放す。莫蓙に頬を張りつかせて、弐蔵は震えている。絵乃はその顔の前に、もう一度二通の状を並べた。

「この状を、確かめてください。ひとつはあたりまえの三行半です。こちらに黙って印を押すなら、母への無体には目を瞑《つむ》ります。ですが、あくまで争うというなら、もうひとつの状を奉行所に出して離縁を訴えます」

絵乃は長い方の状を包みから出して、弐蔵の前に広げた。のろのろと身を起こしたものの、弐蔵は状に目を落とし、戸惑い顔を向ける。

「こんなもの、おれに読めるかよ。無筆ではねえが、こんな難しい字ばかりじゃお手上げだ」

「それなら、おれが読んでやるよ。耳の穴かっぽじって、ようくきいてろよ」

椋郎が状をとり上げて、大きな声で読み上げる。題目ばかりは同じ離縁状だが、中身はまったく違う。布佐が十五のときまでさかのぼり、弐蔵が強いた酷い仕打ちの事々を、順を追って事細かに書き連ねたものだった。

母の辛苦が、憔悴《しょうすい》や諦観が改めて迫り、幾度も筆が止まった。

椋郎は、状の書き方を指南しただけではない。筆が止まるたびに絵乃を励まし、終いには叱咤《しった》して、最後まで筆を運ばせた。ふたりがかりの労作であったが、いますぐ燃やしてしまいたい衝動に駆られる。それほどに、母の半生は過酷なものだった。行が進むごとに、弐蔵がだんだんと色を失っていく。椋郎が読み終えるより前に、泣き言をこぼす。

「勘弁してくれよ、そんなもんを奉行所に出されたら、下手をすればお縄になっちまう」

「それが嫌なら、こっちの状に爪判を押すんだな」

「わかった！　言うとおりにするから、頼むからその状は破ってくれ！」

「もうひとつ、約束してもらいます。金輪際、おっかさんには近づかないで。もし、母の前にちらとでも現れたら、この状をもって奉行所に駆け込みます」

「それじゃ、脅しじゃねえか……」

「これが脅しなら、あなたが母にしてきたことは何なんですか！」

絵乃に詰められて、弐蔵が黙り込む。椋郎は矢立《やたて》をとり出し、墨を弐蔵の指に塗り、三行半の離縁状に押させた。朱印は武家と僧だけに許されていて、庶民は墨を用いる。

絵乃は二通の状を、ふたたび奉書《ほうしょ》に包み、懐に仕舞った。

「これで、あなたと母の縁は切れました。よろしいですね？」

恨めし気な表情で、男は力なくうなずいた。

途中にあった鮨の屋台で昼飯を済ませ、昼を半時ほど過ぎた頃に狸穴屋に帰り着いた。

ふたりが事のしだいを語るより前に、慌しく桐が急き立てる。

「おまえたち、ちょうどいいところへ。あたしと一緒に来ておくれ」

「行くって、どこへ？」

「辻の角だよ。もうすぐ通るそうなんだ」

「何が通るんですか？」

椋郎と絵乃の問いにはろくにこたえず、ふたりを追い立てるようにして表通りに向かう。四つ角に立ち、向かって右側、浅草御門の方角をながめた。

「さっき仁科さまの小者が、わざわざ知らせてくれたんだよ」

桐は顔馴染みの小者に袖の下を握らせて、今度の件で動きがあれば教えてほしいと、あらかじめ頼んでいたという。詳しいことは明かさぬまま、ひたすら道の先に目を凝らす。

「どうやら、おいでなすったようだ」

浅草御門の方角が、にわかに騒がしくなり、大晦日で常より忙しなく過ぎる往来の者たちが、訝《いぶか》し気に足を止める。人に塞がれて見えないが、道をあけるよう促す声が響いた。人垣が左右に割れて、道の両端へとからだをどける。その真ん中を、こちらに向かってくる人影がいくつか見えた。

まだだいぶ遠いが、役人らしき黒羽織姿が判じられた。先頭にいるのは、仁科だった。

後ろに小者を三人従えて、うちふたりは縄を握っている。縄の先に、男女ふたりの姿を認め、絵乃は息を呑んだ。

女は郷、そして男は富次郎だった。桐が小声で、ふたりの手代に告げた。

「年の内に済ませちまいたいのは、旦那も同じようでね。お郷さんの訴えを受けて、富次郎を捕らえたんだ。もっとも吟味は、年明けになるだろうがね」

ひとまず奉行所に引っ立てるが、今日のうちに小伝馬町の牢屋敷《ろうやしき》に移される。吟味を終え、白洲で裁きが下されるまで、牢屋敷に置かれるのが常道だった。

「お絵乃、これがおまえのつけた始末だ。酷なようだが、しっかりと見ておおき」

耳元で、桐がささやいた。郷への哀れみはあっても、富次郎には同情は感じない。

それでも落ちぶれた亭主を嘲笑うほど、無情ではない。桐の言うとおり、これは絵乃が招いた結末だ。その責めの重さを、必死に受け止めた。

うなだれたまま、富次郎が通り過ぎる。と、まるで計ったように頭を上げた。互いの視線が、まともにぶつかる。富次郎が、目蓋を失ったように目を剝《む》いた。

「そうか……おまえか、絵乃……」

後ろ手に縛られた不自由な姿で、絵乃に向かって走り出す。縄尻《なわじり》を握っていた小者が慌てて縄を引き、はずみで富次郎が倒れた。地面に胸をつけた格好で、それでも死に物狂いで身をよじりながら絵乃に叫ぶ。

「てめえの仕業か、絵乃！　亭主に罪を着せやがって、どういうつもりだ！」

「こら、静かにしねえか」

小者が押さえにかかっても、芋虫のようにのたうちながら喚き続ける。

「忘れんじゃねえぞ、絵乃！　てめえはおれの女房だ！　地獄の果てまでつき合わせてやるからな！」

仁科の命で、小者が手拭いを嚙ませて口を塞ぐ。ふたりがかりで富次郎を起こし、無理やり歩かせる。肩越しにふり返り、血走った目で絵乃を凝視する。身の内から震えがきた。

恐かったのは、富次郎の怒りや脅しではない。本当のことを言われたからだ。

絵乃は郷に、こう言った。

「刺したのは、富次郎当人の差し金だと、お役人にはそのように言ってください」

「当人って……でも、刺されたのは富次郎です」

当惑する郷に、噛んで含めるように説いた。

「あたしを罠《わな》に嵌めるため、芝居を打った。女房がいては一緒になれない。邪魔な女房を咎人に仕立てれば、晴れて夫婦《めおと》になれる。富次郎からそう含められたと、お役人に話してください。この筋書きなら、真の咎人は富次郎で、お郷さんの罪は軽くなります。女はあくまで、男に従うもの。それが世の倣《なら》いなのですから」

心中や駆落ちをはじめ、男女が罪を犯した場合、男が正犯で女は従犯とされる。三行半が表向き、男にだけ許されているように、女は従属の立場をとらされる。甚《はなは》だ不平等ではあるが、罪や処罰についても、女は子供と同義に一人前とはみなされない。郷はこのままでは、流罪もあり得たろう。しかし富次郎に唆されたとなれば、罪は男に重く科せられ、女は罪一等を減じられる。いまの世では、あたりまえの慣習だった。

流罪さえ免れれば、おそらくは追放刑が下されるはずだ。たとえ江戸を追われても、生きていくことはできる。

富次郎の後ろには、縄で括られた郷がいた。通り過ぎざま、目立たぬように会釈をした。その目にあったのは感謝の念であり、また絵乃への励ましともとれた。郷に慰められても、罪の意識が消えるわけではない。

短い行列が過ぎ去り、往来が元に復しても、絵乃はその場を動けなかった。ぽん、と肩に手が置かれる。ふり向くと、椋郎の顔があった。

「これで、落着だ」

「でも、椋さん……」

「男が策を弄《ろう》し、女が従った。御上にとっても世間にとっても、いちばん納得のいく落とし所だ。富次郎が何を喚こうと、覆ることはねえさ。昨晩も、そう言ったろ？」

昨夜、母の離縁状を書きながら、椋郎にも一部始終を語った。

「先に裏切ったのは奴の方だ。お絵乃さんにあらぬ罪を着せようとした。そっくり同じことを返しても、罰は当たらねえよ。それに、お郷さんを助ける道は、他にないからな」

「でも、お郷さんに嘘をつかせて、御上をたばかって、富次郎にやってもいない罪を被せた。お郷さんだって、年月が経ってから後悔するかもしれません」

「それはお郷さんが担ぐしかねえが……お絵乃さんの分は、おれが半分もつからよ、もうくよくよするない」

気持ちの荷物は、他人にひょいと渡せるものではない。人に明かして、たとえ一時は楽になっても、実の重みは変わらない。水分が一滴ずつ抜けていくように、時の経過で乾いていくことを祈るしかできない。

それでも、この実直な笑顔があれば、重い荷を背負い直して、また歩いていけそうに思える。

「いつまでちんたらしてるんだい。用が済んだから、さっさと帰るよ。寒いったら、ありゃしない」

自分から引っ張り出したくせに、桐がぶつくさぼやく。

椋郎とともに、女将の背中を追った。

目を開けて横を向くと、線香の薄い煙の向こうに、母の横顔があった。

未だ熱心に、父の墓に祈っている。ただいまなのか、ごめんなさいか、心中は計れないが、ただ母がとなりにいることが、不思議に思えた。

母が解放されたのは、正月五日だった。富次郎と郷の吟味は、まだしばらくかかるだろうが、富次郎は流罪になりそうだと、仁科は予測していた。

傷つけたのが富次郎自身であるために、傷害の罪は存外軽い。しかし女に手を汚させた上、妻を咎人に仕立て御上を欺《あざむ》いた。そちらの罪は軽視できない。どちらにせよ、裁きが決し刑が下りれば、絵乃との離縁は必然となる。

一方の郷は、やはり追放刑で済みそうだ。妻の絵乃が、富次郎の女癖の悪さを訴える体で、自分と一緒になる前からの郷との関係を、書面で申し立てたことも功を奏した。追放刑にも軽重があるが、桐は抜かりなく郷の落ち着き先を見繕っていた。

「草津の湯治場に、五人目の亭主がいてね、いまは旅籠の婿に収まっている。女手がほしいと書いてきたからさ、お郷さんさえよければ勧めてみようかと思ってね」

桐はそう言って、郷の請け人を買って出た。

母が長い祈りを終えると、絵乃は腰を上げた。

「さ、帰りましょ、おっかさん」

布佐は娘を、まぶしそうに見上げる。

「本当に、いいのかい？　あたしなんかが傍にいちゃ、面倒をかけやしないかと……」

「なに言ってるの。これから十一年分を、とり戻さないと」

「おまえと暮らせるなんて、何だか夢みたいだね」

絵乃は母と住まうために、狸穴屋のある馬喰町の近くに長屋を借りた。

三月《みつき》が過ぎて、見習いを終えたとの建前で、給金をもらえることになったからだ。

ただし絵乃と布佐の離縁を成すためにかかった手間賃は、先々にきっちりと返してもらうと釘をさされた。がっちりしていると椋郎は呆れたが、絵乃に否やはない。

「公事宿の皆さんにも、改めてご挨拶に伺わないと。女将さんと、あの優しい手代さんには、ことに念を入れてお礼を言いたいからね」

「そうね……たぶんあたしは、優しい椋さんに懐いちまったのね」

口の中で呟いた。あの日、往来でぶつかったときから、椋郎はずっと傍にいてくれた。自分の中に萌《きざ》した思いは、道に迷った子供がすがるような他愛のないものかもしれない。

それでもここ数年、荒涼としていた絵乃の心に、初めて萌した若芽だ。時間をかけて、大事に育てていきたいと、思える自分が嬉しかった。

「おっかさん、寒いから汁粉屋に寄っていこうよ」

「そういえば、絵乃はお汁粉が大好きだったね。それに団子とおはぎとお饅頭も」

「もう、いつまでも子供じゃないんだから」

「あたしにとっては、いつまでも子供だもの」と、母は幸せそうに微笑む。

絵乃のこれまでは、別れるばかりの縁だった。

母と別れ、父と別れ、亭主と別れた。

それでも繋がる縁も、たしかにあった。椋郎と出会い、桐に見出され、狸穴屋の皆と知り合えた。こうしてふたたび母との縁が繋がったのも、そのおかげだ。

「おっかさんに、見せたいものがあるの。おとっつぁんが大事にもっていて、あたしも捨てられなかったの」

帯に仕舞ってあった、団扇を出した。季節外れではあるが、思い出の品だ。

ふぢなみの花はさかりに——。

子供らしい不格好な字が躍る。絵乃が手習いで使った反故紙を、父が団扇に仕立てたものだ。

「まあ、この団扇にまた会えるなんて……おとっつぁんと絵乃の思い出の品だもの。あたしの何よりの宝物だった」

懐かしそうに団扇をながめ、いかにも大事そうに胸に抱いた。

——お絵乃はやっぱり、母さんに似ているのかもしれんな。

そう告げたときの、父の嬉しそうな笑顔が、はっきりと思い起こされた。呪いに思えた言葉が、いまは誇らしい。

母の向こうに白梅の木があり、花の香がかすかにただよう。
また消えてしまわぬよう、母の手を握った。

主要参考資料

『公事師・公事宿の研究』瀧川政次郎／赤坂書院、一九八四年
『増補三くだり半　江戸の離婚と女性たち』高木侃／平凡社ライブラリー、一九九九年
『三くだり半の世界とその周縁』青木美智男・森謙二編／日本経済評論社、二〇一二年

他、ｗｅｂ資料を参照させていただきました。

解説

大矢博子

厚生労働省の統計によると、二〇二〇年の日本国内での離婚件数は約十九万三千組。約三分に一組が離婚している計算になる。

その中で約八十八%を占めるのが協議離婚だ。協議離婚とは夫婦で話し合いをして合意に達し、離婚届を提出するというもの。残りの約十二%は話し合いで決着できず、調停や審判、訴訟という手段をとっている。十二%というと少なく感じるかもしれないが、離婚の総件数が二〇〇二年をピークに減少している中、逆に調停や裁判に持ち込まれる率は僅《わず》かながら増加している。つまり、モメる率が上がっているわけだ。

だが、裁判所で他者に事情を説明し、権利を主張して争うのは、素人にはなかなか難しい。そこで多くの場合は弁護士を頼ることになる。

当人同士で解決できなければ訴訟に進み、それを助けるプロがいるというシステムは、すでに江戸時代に存在していた。それが公事宿《くじやど》だ。公事宿とは訴訟のために地方から江戸に出てきた人が泊まる宿のこと。宿の従業員は訴人が奉行所に提出する書類を作ったり手続きを代行したりと、今の弁護士の役割も担っていたという。つまり宿泊所付き弁護士事務所だと考えればいい。

江戸時代、原則として離縁する権利は夫側にしか認められていなかった（詳細は後述）。妻が別れたいと思ったときは、夫から「三行半《みくだりはん》」と呼ばれる離縁状をもらうことが必要になる。だが、素直に三行半を書いてもらえない場合ももちろんあるし、別れるにせよ財産や子どもの問題がついてまわるのは今も同じ。そこに目をつけたのが本書『わかれ縁』である。

舞台は江戸日本橋にある公事宿「狸穴屋《まみあなや》」。多くの公事宿がひしめく馬喰町《ばくろちよう》の中でも離縁の調停に強い、という設定だ。夫の女癖と借金で絶望の中にあった絵乃《えの》が、この狸穴屋に辿り着くところから物語が動き出す。

離縁したいが絵乃の稼ぎに寄生している夫が別れてくれるはずもなく、頼れる実家もない。このままではわずかな給金も残りの人生もすべて夫に吸われてしまうとうとうひしがれる絵乃に、公事宿の女将は十両で離縁を手伝うともちかけた。

そんな大金を持たない絵乃は、読み書きができることと気働きを買われて狸穴屋の手代見習いになることに。狸穴屋を訪れる人々のさまざまな離縁問題を目の当たりにしながら、絵乃は自分の本心と将来を少しずつ見定めていく。

物語は連作形式をとっており、それぞれ異なる夫婦事情・家庭事情が描かれるのがポイントだ。第一話の表題作は絵乃が狸穴屋の手代見習いになるまでの物語。つまり、精神的・経済的DVに追い詰められた妻のケースだ。

第二話「二三四の諍い」は商家の話。まだ十代の兄妹が両親の離縁について狸穴屋に相談に来る。母の実家が作った借金のせいで、母を離縁しようと父と長兄が画策している。いまさらそんな父にも長兄にも未練はないが、母のためにより多くの示談金をとってほしいという依頼だ。

第三話「双方離縁」は嫁姑問題。いがみあう妻と母に挟まれて疲弊した夫のため、狸穴屋がある作戦を実行する。第四話「錦蔦」は親権がテーマ。夫婦の離縁はスムーズだったが、婚家は伝統ある縫箔師《ぬいはくし》、実家は大所帯の截金師《きりかねし》で、どちらも一粒種の息子は我が家の跡取りだと譲らない。

第五話「思案橋」では絵乃の身に大きな波乱が起きるのだが、ここにはまだ書かないでおこう。自身の離縁がなるかどうか、大きな分かれ目の一話だ。それを受けた最終話「ふたたびの縁」で、絵乃はとある決断に向き合うことになる。

通して読むと、離縁に関する当時の法制度がつぶさに描かれていることにまず驚かされた。なんとなく江戸時代は夫が一方的に妻に三行半を突きつけ、妻側には何の権利もないような印象を持っていたが、本書を読めばそうではなかったことがわかる。たとえば、三行半は離縁状であるとともに、妻の再婚許可証書でもあったこと（三行半の定型文の中にちゃんとそう書いてある）。この証書がないまま再婚すれば重婚の罪を犯したことになる。また、三行半の決まり文句である離縁事由「我等勝手ニ付」は夫の好き勝手で妻と別れるということではなく「都合により」程度の意味であり、妻に責任があったとしてもそれを明かさないための表現であるというのも驚きだった。

財産についてもきちんと決められていた。結婚後も妻の財産権はちゃんと保護されており、妻が稼いだ金は妻のものだし、妻に落ち度がなくて離縁に至った場合は結納金なども返済することになっていたという。妻の財産の監督権を夫が持つようになるのは明治民法からなのだ。女性が婚家に従属するというのは決して日本の伝統ではない、というのは実に興味深い。

その他にも、本書には登場しないが、妻からの離縁請求を受けて夫と調停を行う幕府公認の縁切寺もあったし、夫から三行半を出されても「返り一札」という受け取り状を渡さない限りは離縁は成立しなかった。武家の場合は家と家の結びつきという側面から数々の重い制約があったが、庶民レベルでは思っていたよりも女性の自由度が高かったのである。しかも最終話には、当時の法律を逆手にとるような展開が待ち受けており、実に痛快だ。

それら当時の法律や制度、慣習を絶妙に物語に織り込みながら、ＤＶ、金銭、嫁姑、親権などなど現代にも通じる離縁トラブルを各話で描いているのだから面白くないわけがない。この時代はこうだったのか、ここは今と同じだ、などなど細部に至るまで楽しめるようになっている。

現代に通じるのは表面的なトラブルの種類だけではない。その背景にある家族の感情もまた、今と変わらない。別れたい別れたくないという男女の情。手放したくない、幸せでいてほしいという親子の情。縁あって結ばれた家族がその縁を断とうとするとき、どこで折り合いをつけるのか。今の私たちにも刺さる登場人物たちの想いをどうかじっくりと味わっていただきたい。

これらから伝わってくるのは、離縁は目的ではなく問題を解決するための選択肢のひとつである、という点だ。きっぱり別れた方がいい夫婦もいれば、腹を割って話せば別れるまでもなく解決する問題もある。最も大事なものは何なのか。本当に解決すべき問題の芯はどこにあるのか。もつれた感情の糸を少しずつ解《ほぐ》して、狸穴屋はそれぞれの家庭にとって、夫婦にとって、よりよい方法を見つけていく。本書は捻《ひね》りの効いたトラブルシューターの物語であるとともに、さまざまな縁の形を描き出す家族の物語でもあるのだ。

もうひとつ、本書で注目願いたい点がある。絵乃の変化だ。

夫と別れたいと思いながらもどこかに未練があって、優しくされればほだされていた絵乃。しかし狸穴屋で経験を積んだ後で夫と再会した絵乃は「こんな男だったろうか？」「そのすべてが安っぽく、ちんけに映る」と感じ、「べたべたとした口調が女房と呼んだとき、はっきりと嫌悪が走った」のである。

夫が変わったわけではない。変わったのは絵乃だ。絵乃は打ち込める仕事を持ち、相談に乗ってくれる仲間ができ、暮らしが安定した。気が紛れた、と言ってもいい。さらに仕事を通して、他の家庭のさまざまな問題を見てきた。その結果、それまで自分の悩みで手一杯だったところに風穴が開き、自らの悩みを相対化するだけの余裕と視野の広さを手に入れたのだ。

思い詰めていた第一話からの変化を見るにつけ、余裕というものがどれほど大切かしみじみと伝わってくる。ここで思い出していただきたいのは、狸穴屋の女将が七回離縁を経験しているという設定だ。やりがいのある仕事を持っていることが女将を経済的にも精神的にも自立させている。それゆえに人生を自分で決断できる、そんな存在として女将は配置されているのだ。

江戸時代の離縁状は、養蚕・製糸業が盛んだった地域で多く見つかっているという。それは働き手・稼ぎ手として女性たちがひとりで生きていく力を持っていたからに他ならない。

絵乃の変化、女将の設定、そして各話に登場するそれぞれの事情を抱えた女性たち。ひとりひとりの選択や決断を嚙み締めてほしい。女性が自分の人生を自分で決める。それこそが、本書の裏テーマなのである。

本書の単行本が刊行されたのは二〇二〇年だが、前後して澤田瞳子『駆け入りの寺』（文藝春秋）や田牧大和「縁切寺お助け帖」シリーズ『姉弟ふたり』（角川文庫）など、離縁を扱った時代小説が立て続けに出版された。閉塞感に喘ぐ現代に、女性が自分の手で自分の人生を決めることの大切さ、生きる力を信じることの大切さをあらためて伝えたいという作家たちからの力強いメッセージに思えてならない。

（書評家）

初出「オール讀物」
わかれ縁　二〇一七年十一月号
二三四の諍い　二〇一八年二月号
双方離縁　二〇一八年五月号
錦蔦　二〇一八年八月号
思案橋　二〇一八年十一月号
ふたたびの縁　二〇一九年二月号

単行本　二〇二〇年二月　文藝春秋刊

DTP制作　言語社

文春文庫

わかれ縁《えにし》
狸穴《まみあな》屋《や》お始末《しまつ》日記《にっき》

定価はカバーに
表示してあります

2023年3月10日　第1刷
2023年3月30日　第2刷

著　者　西條《さいじょう》奈《な》加《か》
発行者　大沼貴之
発行所　株式会社 文藝春秋

東京都千代田区紀尾井町3-23　〒102-8008
TEL 03・3265・1211㈹
文藝春秋ホームページ　http://www.bunshun.co.jp

落丁、乱丁本は、お手数ですが小社製作部宛お送り下さい。送料小社負担でお取替致します。

印刷・凸版印刷　製本・加藤製本　Printed in Japan
ISBN978-4-16-792008-1

（　）内は解説者。品切の節はご容赦下さい。

あさのあつこ
火群《ほむら》のごとく
兄を殺された林弥は剣の稽古の日々を送るが、家老の息子・透馬と出会い、政争と陰謀に巻き込まれる。小舞藩を舞台に少年の友情と成長を描く、著者の新たな代表作。（北上次郎）
あ-43-12

青山文平
白樫の樹の下で
田沼意次の時代から清廉な松平定信の息苦しい時代への過渡期。いまだ人を斬ったことのない貧乏御家人が名刀を手にしたとき、何かが起きる。第18回松本清張賞受賞作。（島内景二）
あ-64-1

青山文平
つまをめとらば
去った女、逝った妻……瞼に浮かぶ、獰猛なまでに美しい女たちの面影は男を惑わせる。江戸の町に乱れ咲く、男と女の性と業。女という圧倒的リアル！　直木賞受賞作。（瀧井朝世）
あ-64-3

朝井まかて
銀の猫
嫁ぎ先を離縁され「介抱人」として稼ぐお咲。年寄りたちに人生を教わる一方で、妾奉公を繰り返し身勝手に生きてきた、自分の母親を許せない。江戸の介護を描く傑作長編。（秋山香乃）
あ-81-1

朝松　健
血と炎の京《みやこ》
私本・応仁の乱
応仁の乱は地獄の戦さだった。花の都は縦横に走る塹壕で切り刻まれ、唐土の殺戮兵器が唸る。戦場を走る復讐鬼・道賢と、救いを希う日野富子を描く書下ろし歴史伝奇。田中芳樹氏推薦。
あ-85-1

井上ひさし
手鎖心中
材木問屋の若旦那、栄次郎は、絵草紙の人気作者になりたいと願うあまり馬鹿馬鹿しい騒ぎを起こし……歌舞伎化もされた直木賞受賞作。表題作ほか「江戸の夕立ち」を収録。（中村勘三郎）
い-3-28

井上ひさし
東慶寺花だより
離縁を望み決死の覚悟で鎌倉の「駆け込み寺」へ――女たちの事情、強さと家族の絆を軽やかに描いて胸に迫る涙と笑いの時代連作集。著者が十年をかけて紡いだ遺作。（長部日出雄）
い-3-32

池波正太郎
火の国の城（上下）
関ヶ原の戦いに死んだと思われていた忍者、丹波大介は雌伏五年、傷ついた青春の血を再びたぎらせる。家康の魔手から加藤清正を守る大介と女忍び於蝶の大活躍。（佐藤隆介）
い-4-78

池波正太郎
秘密
家老の子息を斬殺し、討手から身を隠して生きる片桐宗春。だが人の情けに触れ、医師として暮すうち、その心はある境地に達する――。最晩年の著者が描く時代物長篇。（里中哲彦）
い-4-95

池波正太郎
その男（全三冊）
杉虎之助は大川に身投げをしたところを謎の剣士に助けられる。こうして〝その男〟の波瀾の人生が幕を開けた――。幕末から明治へ、維新史の断面を見事に剔る長編。（奥山景布子）
い-4-131

稲葉　稔
武士の流儀（一）
元は風烈廻りの与力の清兵衛は、倅に家督を譲っての若隠居生活。平穏が一番の毎日だが、若い侍が斬りつけられる現場に居合わせたことで、遺された友の手助けをすることになり……。
い-91-12

伊東　潤
王になろうとした男
信長の大いなる夢にインスパイアされた家臣たち。毛利新助、原田直政、荒木村重、津田信澄、黒人の彌介。いつ寝首をかくか、かかれるかの時代の峻烈な生と死を描く短編集。（高橋英樹）
い-100-1

伊東　潤
天下人の茶
政治とともに世に出、政治によって抹殺された千利休。その高弟たちによって語られる秀吉との相克。弟子たちの生涯から利休の求めた理想の茶の湯とその死の真相に迫る。（橋本麻里）
い-100-2

宇江佐真理
幻の声　髪結い伊三次捕物余話
町方同心の下で働く伊三次は、事件を追って今日も東奔西走。江戸庶民のきめ細かな人間関係を描き、現代を感じさせる珠玉の五話。選考委員絶賛のオール讀物新人賞受賞作。（常盤新平）
う-11-1

（　）内は解説者。品切の節はご容赦下さい。

宇江佐真理
余寒の雪
女剣士として身を立てることを夢見る知佐は、江戸で何かを見つけることができるのか。武士から町人まで人情を細やかに描く七篇。中山義秀文学賞受賞の傑作時代小説集。（中村彰彦）
う-11-4

植松三十里
繭と絆
富岡製糸場ものがたり
日本で最初の近代工場の誕生には、幕軍・彰義隊の上野での負け戦が関わっていた。日本を支えた富岡には隠された幕軍側の哀しい事情があった。世界遺産・富岡製糸場の誕生秘話。（田牧大和）
う-26-2

上田秀人
奏者番陰記録
遠謀
奏者番に取り立てられた水野備後守はさらなる出世を目指し、松平伊豆守に服従する。そんな折、由井正雪の乱が起こり、備後守はその裏にある驚くべき陰謀に巻き込まれていく。
う-34-1

冲方　丁
剣樹抄
父を殺され天涯孤独の了助は、若き水戸光國と出会う。異能の子どもたちを集めた幕府の隠密組織に加わり、江戸に火を放つ闇の組織を追う！　傑作時代エンターテインメント。（佐野元彦）
う-36-2

海老沢泰久
無用庵隠居修行
出世に汲々とする武士たちに嫌気が差した直参旗本・日向半兵衛は「無用庵」で隠居暮らしを始めるが、彼の腕を見込んで、難事件が次々と持ち込まれる。涙と笑いありの痛快時代小説。
え-4-15

逢坂　剛・中　一弥　画
平蔵の首
深編笠を深くかぶり決して正体を見せぬ平蔵。その豪腕におののきながらも不逞に暗躍する盗賊たち。まったく新しくハードボイルドに蘇った長谷川平蔵もの六編。（対談・佐々木　譲）
お-13-16

逢坂　剛・中　一弥　画
平蔵狩り
父だという「本所のへいぞう」を探すために、京から下ってきた女絵師。この女は平蔵の娘なのか。ハードボイルドの調べで描く、新たなる鬼平の貌。吉川英治文学賞受賞。（対談・諸田玲子）
お-13-17

乙川優三郎
生きる
亡き藩主への忠誠を示す「追腹」を禁じられ、白眼視されながら生き続ける初老の武士。懊悩の果てに得る人間の強さを格調高く描いた感動の直木賞受賞作など、全三篇を収録。（縄田一男）
お-27-2

奥山景布子
葵の残葉
尾張徳川の分家筋・高須に生まれた四兄弟はやがて尾張、一橋、会津、桑名を継いで維新と佐幕で対立する。歴史と家族の情が絡み合うもうひとつの幕末維新の物語。（内藤麻里子）
お-63-2

奥山景布子
音四郎稽古屋手控
音わざ吹き寄せ
元吉原に住む役者上がりの音四郎と妹お久。町衆に長唄を教えているが、怪我がもとで舞台を去った兄の事情を妹はまだ知らない。その上兄には人に明かせない秘密が……。（吉崎典子）
お-63-3

大島真寿美
渦
妹背山婦女庭訓　魂結び
浄瑠璃作者・近松半二の生涯に、虚と実が混ざりあい物語が生まれる様を、圧倒的熱量と義太夫の如き心地よい大阪弁で描く。史上初の直木賞＆高校生直木賞W受賞作！（豊竹呂太夫）
お-73-2

海音寺潮五郎
加藤清正
（上下）

文治派石田三成、小西行長との宿命的な確執、大恩ある豊家危急存亡の苦悩――英雄豪傑の象徴のように伝えられるこの武将の鎧の内にあった人間の素顔を剔抉する傑作歴史長篇。

か-2-19

海音寺潮五郎
天と地と
（全三冊）

戦国史上最も戦巧者であり、いまなお語り継がれる武将・上杉謙信。遠国の越後でなければ天下を取ったといわれた男の半生と、宿敵・武田信玄との数度に亘る川中島の合戦を活写する。

か-2-43

加藤　廣
信長の棺
（上下）
消えた信長の遺骸、秀吉の中国大返し、桶狭間山の秘策――。丹波を訪れた太田牛一は、阿弥陀寺、本能寺、丹波を結ぶ〝闇の真相〟を知る。傑作長篇歴史ミステリー。（縄田一男）
か-39-1